リーフェの祝福 2

無属性魔法しか使えない落ちこぼれとしてほっといてください

レイス
シェリナの再婚相手。『魔王』と恐れられる気迫と、腹黒い政治手腕を持つ。だが、シェリナとユイにはデレデレ。
フィリエル
ガーラント国の第二王子。生まれつき魔力が強く、剣の腕も優れている。ある理由から、人との接触を避けている。
ユイ
生まれつき無属性魔法しか使えない『リーフェ』という体質で、髪や瞳の色素が薄め。見た目の印象に反して芯が強く、魔法への探求心は人一倍。
登場人物紹介

アレクシス
ガーラント国の王太子。すでに王の公務を手伝っている。
セシル
ユイの兄で、カルロの双子の兄。優しく落ち着いた性格で、かなりのシスコン。
カルロ
ユイの兄で、セシルの双子の弟。セシルとは対象的に快活な性格をしている。
イヴォ
ユイと中等学校時代からの同級生。王宮の魔法師を負かす程の力を持った天才児。
クロイス
イヴォと同じく中等部からの同級生。神経質そうな雰囲気に似合わずお菓子好き。

リーフェの祝福

無属性魔法しか使えない落ちこぼれとしてほっといてください 2

Contents

プロローグ

一年前。

この日は中等学校の学生が集まり、魔法を使った対戦形式の大会が行われていた。

「降参する」

その宣言の直後、対戦相手の不戦敗とユイの勝利を、審判が高らかに告げると同時に、大きな歓声が上がった。

しかし、その歓声の中には「卑怯者！」や「八百長《やおちょう》だ！」といった批判的な怒声が数多く交じり、異様な雰囲気だった。

何故なら、これによりユイの準決勝進出が決まったのだが、この対戦を含めてこれまで相手の体調不良や行方不明による不戦敗、開始直後の降参などにより、ユイは一度たりとも戦っていなかったからだ。

そのことに不満を持つ、この大会に出る機会すら得られなかった学生達からの声だった。

それはユイが試合会場から下がり、選手の控え室に向かう最中も続いた。

会場裏には、ユイ同様にこの大会に出場している学生や関係者がたくさんいた。

準決勝に進出する四人の内、ユイを含め三人がすでに決まって、最後の準々決勝はじきに始まる。

試合の準備もせずここにいる学生はつまり、すでに負けが決まった者達だ。

そんな者達が集まる会場裏のいたる所から向けられる疑惑の視線、視線、視線……。

そんな針のむしろ状態の中を歩きながら、ユイは深い溜息を吐いた。

（鬱陶《うっとう》しい……。文句なら戦わず降参する相手に言えばいいのに）

試合を放棄したのは向こうだというのに、何故自分の方が疑われるのか。どこか理不尽さを感じながら歩いていると、視界にルエルを見つけた。

ルエルもユイに気付き、近付いてくる。

「お疲れ様」

「ルエルちゃん、お疲れもなにも、私全然戦ってないんだけど……」

「そういう意味じゃなくてよ」

ルエルはぐるりと視線を周りの学生達に向ける。

それで、ユイは意味を理解した。

この針のむしろの中お疲れ様、という意味か。

「まったくだよ。私は何もしてないのに、そのせいで疑われて、呼び出されたんだよ！」

「はいはい、むかつくのは分かったから落ち着いて。一応ユイの疑いは晴れて、腰抜け共はしっかり上の人から注意を受けたみたいよ。まあ、未《いま》だにほとんどが疑いの目で見てるけどね……」

「やっぱり出るんじゃなかった。イヴォとクロの二人がどうしてもって言うから出たのに、もう帰りたい……」

元々、他の参加者と違って、ユイはこの大会にまったくと言っていいほどやる気も意気込みもなかった。

周りからしつこく誘われて仕方なく参加するはめになったのに、始まってみればこの惨状。

このまま放っておいたら帰りそうなほど不満一杯の顔をしているユイに、ルエルは苦笑する。

「そんなこと言ったらイヴォが喚《わめ》き散らすわよ。第一、ライルにお菓子で釣られて参加したのはユイでしょ。言いたい奴には言わしとけばいいのよ。どうせ、次の試合でイヴォと戦ったら嫌でも納得するんだから」

この鬱陶しい視線を我慢してイヴォと戦うか、このまま帰ってイヴォに怒られるか……。

究極の選択に頭を悩ませるが、喚き散らすイヴォはとにかくうるさい。

その被害を受けたくないユイは前者を選択した。

「ううぅ、分かった。……じゃあルエルちゃん、私ちょっとその辺を散歩してくる」

「次イヴォの準々決勝よ、見に行かないの？」

「見なくてもイヴォが負けるわけないから、準決勝までどこかに避難しときたい」

ユイはとりあえず、この不快な視線を向けられない場所で落ち着きたかった。

「まあ、無理もないわね。準決勝は十三時からだから、忘れちゃだめよ」

「小さな子供じゃないんだから大丈夫だよ」

ルエルと別れたユイは人気《ひとけ》のない場所を探して会場内を歩き回る。

ようやく見つけた人気のない通路で壁に寄りかかり一息吐いていると、ユイの前方から男性が一人歩いてきた。

うつむきがちだったユイは、男性の足元しか目に入っていない。

男性は横を通り過ぎていくかと思いきや、ユイの前で立ち止まった。

不審に思い、うつむけていた顔を上げて男性の顔を確認した瞬間、ユイは凍りつく。

「久しいな」

まるで人を見下すような、低く高圧的な声にユイは顔を強張《こわば》らせる。

「私の顔に泥を塗った落ちこぼれのくせに、ずいぶんと大会の上位まで残ったものだな」

何か言葉を発しなければと頭では思うのだが、喉の奥でつっかえて上手く声が出せない。

「返事すらできないのか、役立たずが。……まあいい、どうやったかは知らんが、この大会の上位に残るのは名誉あることだ。使い道がないかと思えば、多少は使えるようだ。いいか、どんな手段を取っても優勝しろ、そうすれば元の場所に戻してやってもいい」

男性が吐き出す数々の侮蔑《ぶべつ》を含んだ言葉をも、ユイは恐怖に体を硬直させたまま、静かに聞いていた。

男性が去った後も、ユイはしばらく動くことができず、ようやく体が動くようになると、今度はユイの意思とは関係なく体が震え始め、その場にしゃがみ込む。

何故今さらになって自分の前に現れたのか。

あの人は自分になんと言っていた……？

震える体を押さえながら何度も先ほどの男性の言葉を反芻《はんすう》する。

そして、男性の放った言葉の意味を理解すると、冗談ではないと恐怖した。

ユイはすぐに立ち上がり、会場から離れた。


「ねえ、ユイいた⁉」

「いや、どこにもいない」

ルエルとライルはひどく慌てていた。

「控え室にもいねえぞ！」

と、ゲインも焦《あせ》りを滲《にじ》ませて合流する。

もう間もなくユイの試合の時間だというのに、その姿がどこにもないのだ。

「早く見つけないと、もう試合始まるわよ！」

「ユイちゃーん、お菓子あげるから出ておいでぇぇ」


ルエル達がユイを探している時、ユイは会場近くのカフェに来ていた。

会場から近いため、観客が寄っていくのか店内は人が多く、店員がせわしなく動き回っている。

ユイはメニューを広げて手早く決めると、近くの店員を呼び止める。

「すみません、このメープルイチゴパンケーキと季節のタルトとチョコケーキ。後はレモンティーをお願いします」

「かしこまりましたぁ！」

ユイの沈んだ心と相反し、元気よく返事をして去っていく店員。

しばらくして注文した商品がテーブルに並べられる。

そして一口ケーキを口に入れると、店の壁にかかっている時計を確認した。

今の時刻は、すでに出場する予定だった試合の時間を大きく過ぎている。

もうユイが不戦敗になったのは確実だろう。

これであの男の思惑通りにはならなくなった。

「きっと、今頃イヴォは怒ってるだろうな」

ユイは準決勝で戦う相手であったろう友人を思い浮かべる。

ユイと準決勝で戦うと決まったことを誰よりも喜んでいた友人。

ユイに不戦勝で勝って決勝進出が決まったとしても、喜ぶどころか戦わず姿を消したユイに怒り心頭なはずだ。

戻ったら恐らくイヴォとルエルからお説教だろう。

いったいなんと言い訳しようか。

本当のことは言えない……言いたくない。

「ごめんね、イヴォ。弱くて、逃げ出して。……ごめん」

そう、逃げたのだ。

選択肢は他にもあった。

立ち向かう方法だってあった。

けれど、その選択を取らず、ユイは関わりたくないすべてのものに対して目を閉じ耳を塞ぎ、そこから逃げ出したのだ。

「いったい、いつまで私は……。エル、助けて……」

ユイの震える呟きは、店の喧騒の中、誰にも聞かれることなく消えていった。


まだ夜が明けきらぬ深夜、嫌な夢で目が覚めた。

忘れてしまっていた、忘れてはいけない夢。

これは戒《いまし》めだ。

フィリエルに告白されて浮かれている自分に対する。

いったい何を勘違いしていたのだろうか。自分がフィリエルとなんて、結ばれるはずがないというのに……。

第一話【おでかけ】

王宮から戻り、日常生活に戻った。

ユイは、王宮でレイスを言いくるめるために約束したデートで、カフェに来ていた。

この日のため、宰相として忙しいはずのレイスが、ユイの好きそうなケーキの美味《おい》しい店を調査したほどの気合いの入れようだ。

ユイを喜ばせたいからとはいえ、宰相の仕事をこなしながらよくそんな時間が取れたものだ。

余程ユイと二人で出かけるのを楽しみにしていたのだろう。

しかし……。

「今日は待ちに待ったユイとデートの日……。なのに……なのに、何故あなた達もいるのです！」

レイスが体を震わせ怒鳴りつけているのは、ユイの兄であるセシルとカルロである。

ユイからデートの話を聞きつけた二人は、レイスに内緒で先に店で待っていたのだった。

「いいじゃん、パパぁ。俺達だってユイと遊びたいし～」

カルロは猫なで声で甘えたように話す。

「ええい、気色の悪い！　いい年をした男にパパなどと呼ばれたくありません。鳥肌が立つでしょうが！」

「でも、ユイはパパって呼んでるだろ」

「ユイは可愛いからいいのです」

言い合うレイスとカルロの横では……。

「ほらユイ、こっちも美味しいから食べてごらん」

「美味しい、はい兄様も」

ユイとセシルがお互いのケーキを食べさせ合っていた。

それを見たレイスはすかさずユイに近付く。

「セシル、なんと羨ましいことをしてもらっているのです。けしからん！　兄でなければ抹殺しているところです。ユイ、私にも……」

「パパはママにしてもらえばいいよ」

暗に断られてレイスはガーンとショックを受けている。

「デートなのに……」

しくしくと泣くレイスを放置して、今度はカルロとあーんとケーキを食べさせ合いっこした。


ケーキを堪能したユイ達は、次に貴族や富裕層御用達の高級店が立ち並ぶ地区に来ていた。

目的はユイの誕生日のプレゼントと、通信用の魔具を買うためだ。

先日提供した魔法の構築式の報酬を王からレイス経由で渡されたのだが、ユイはその報酬を手にした瞬間、重量感に驚いた。

それは一般家庭が三年は楽をして暮らせそうな金額で、多すぎるのでレイスに返してもらおうとしたのだが、ユイの魔法は今後の研究にも価値のあるものなので、これは正当な報酬金額であり、むしろ少ないくらいだと言われた。

王はこれより高い報酬額を用意していたのだが、まだ学生という身分を考慮してこの金額になったそうだ。

これで少ないのか……と、いろいろ思うところはあったが、相応な金額であるなら断る理由もない。

ユイはこの大金をどうするかと悩んだ結果、前々から欲しかった通信用の魔具を買おうと思ったのだ。

兄達もフィリエルも持っているので欲しかったのだが、魔具は一般庶民に手が出せるような金額ではなかった。

レイスに頼めば間違いなく買ってくれるだろうが、すでにたくさんの物を買い与えてくれているレイスにねだるのは気が引けて諦めていたのだ。

自分で稼いだお金ならば心も痛まない。

念願の魔具を買うため、魔具専門店に赴く。

魔具は高価な物が多く、店の入り口や店内には厳つい警備員が複数人立っている。

初めて入る魔具専門店の店内を興味津々で見て回っていると、ユイ達の許《もと》に店員とおぼしき男性がやってきた。

「いらっしゃいませ、何かお探しでしょうか?」

「ええ、この子が通信用の魔具を探していましてね、いい品は入っていますか?」

「もちろんでございます。各種そろえておりますが、通信用の魔具はお値段によりかなり形も性能も違って参ります。ご予算はお決めになっていらっしゃいますか?」

「この店で一番ランクの高いものを見せてください」

「パパ!」

通信用魔具の大体の金額を知らないユイは、とりあえずあらかじめ決めていた予算を提示しようとしたが、先にレイスが話し始めてしまう。

報酬金額にも限りがある。高過ぎたら払えないというのに一番ランクの高いものと言われてしまい、慌てた様子でレイスを見上げると、レイスはユイの頭を優しく撫でる。

「もし、上限を超えたら私が出しますから、心配しなくて大丈夫ですよ」

「でも……」

「魔具は長く使う物ですから、妥協せず一番自分に合う物を選ぶべきです。お金なら心配いりませんよ、これでもかなり稼いでいますからね」

それは有無を言わせぬ口調で、ユイはしぶしぶ頷《うなず》いた。

今までにこやかに対応していた男性は、レイスの上限なしと取れる発言に、上客と判断したのか、より一層笑みを深くした。

「かしこまりました。この店で選りすぐりの品をご用意いたしますので、少々お待ちください」

男性は商品を取りに行くため、一旦奥に下がっていった。

待っている間に、カルロが「それにしても」と話し始める。

「いくら価値のある魔法だからとはいえ、国の研究者でもないただの子供に大金渡すなんて、よっぽど陛下は嬉しかったんだろうな」

それに対してセシルも頷く。

「すごく喜んでたって、テオ爺《じい》が言ってたからね」

「嬉しいのはテオ爺もだろ」

「だね」

親しげに「テオ爺」と呼んでいる二人を見ていたレイスが頬を引きつらせる。

「テオ爺って……。あなた達、まさかあの方と連絡を取り合ってるのですか?」

「ああ、時々だけど、学校の話とかユイの話とかしてるぞ。今回の件もフィリエルだけじゃなくて、テオ爺からも詳しく聞いたし」

なんてことないようにカルロは答えた。

未だ影響力衰えない先王テオドールを、テオ爺などと軽々しく呼べるほど親しくしているのは初耳だったレイスは、なんとも言えない表情を浮かべた。

その時、カルロは何か思い出したようにユイに尋ねる。

「そういえば、ユイは大丈夫だったか？」

「何が？」

特に今回の一件で心配されるようなことはなかったはず。

そう思っていたユイは、次のカルロの言葉にいろいろ思い出してしまった。

「だって、フィリエルと同じ部屋で数日暮らしてたんだろ？　フィリエルもお年頃だし、襲われたりしなかったか？　なんてな、ははははっ……は、は……」

「……っ」

冗談のつもりで笑っていたカルロだったが、頬を赤く染めるユイに気付き、語尾が段々小さくなっていく。

そんなユイにセシルは目を丸くし、レイスは顔を青ざめさせてユイに詰め寄る。

「ユユユ、ユイ、ままさか、本当に襲われたのですかぁぁぁ⁉」

「ち、違うよ、パパ。襲われてはないよ！」

ユイの様子をセシルは冷静に分析する。

「キス位ってとこ？」

「ち、違う！」

「なんだ、違うのか」

「ヘタレだからなぁ、あいつ」

セシルとカルロが残念そうにする中、レイスだけはほっとした表情を浮かべていた。

「でもその反応だと、告白ぐらいはされたよね?」

「あ、えっと、その……」

あからさまに動揺するユイに、兄二人はにんまりと微笑《ほほえ》んだ。

ユイの目の前に、詳しく聞かせろと言わんばかりに興味津々の兄達と、殺気を駄々洩れにしたレイスがいる。

この場をどう乗り切ろうか頭を高速回転させていると、タイミングよく店員が戻って来た。

「大変お待たせいたしました。……おや、どうかされましたか?」

「いえ、なんでもありません!」

店員はその場の微妙な雰囲気を察したが、ユイは兄達からの追及を逃れるため、次々出される魔具に集中した。


ユイが魔具を見ている間、レイスは、今にも王宮に乗り込みそうなほど怒りに燃えていた。

「私の大事な娘にちょっかいをかけるなんていい度胸をしてますね」

セシルは呆れたように、親馬鹿全開のレイスをなだめる。

「まあまあ、父さん落ち着いて」

「これが落ち着いていられますか! 何故あなた達は怒らないのです。大事な妹をどこの馬の骨とも分からぬ者に渡せるのですか！」

「どこの馬の骨って、相手は身元の確かな王子だし。その辺の男なら怒ってただろうけど、相手はフィリエルだからね」

苦笑を浮かべてそんなことを言うセシルに、カルロも追従する。

「そうそう。むしろよく告白だけで抑えたと誉めてやりたいよ。あいつが何年もユイを一途に思い続けてるのを俺達よく知ってるし、あいつがユイを傷付けることは絶対にないからな」

ユイに過保護な二人が、一切フィリエルに怒りを感じることなく、それを許容している。

絶対にユイを傷付けないと疑いもしていない。

二人から垣間見られフィリエルへの信頼に、レイスはひとまず怒りを収める。

「まあ今回は大目に見ましょう。あなた達には感謝していますからね」

「ん？」

「何が？」

疑問符を浮かべるセシルとカルロの前でレイスは殺気立つ。

「あらかじめ、あなた達から虫の話を聞いていなかったら、危うく握りつぶして魚の餌《えさ》にしているところでしたからね」

最初、虫とはなんだろうと首を捻《ひね》った二人だが、すぐにフィリエルのことだと察した。

二人は以前から、連れ子にもかかわらず、あまりにもユイを溺愛《できあい》するレイスに、フィリエルの存在が何かのきっかけで知られたら親馬鹿を爆発させるに違いないと危惧《きぐ》していた。

突然知って暴走するよりは、あらかじめ教えておいた方がいろいろと安全ではと考えが一致した二人は、相手がフィリエルだとは告げず、ユイには親しい異性がいることをレイスに話していた。

万が一会うことがあっても、ユイのために冷静に対処してくれと念を押していたのだ。

当然ユイにそんな相手がいると聞かされたレイスは烈火の如く怒りを爆発させていたが、先に発散していたおかげか、テオドールからユイを預かりたいと聞いても、二人の忠告を思い出したレイスは凶行に走ることなく冷静に対処できたのだ。

もし、それを聞いていなかったらレイスがどんな行動に出ていたかと思うと、本当に恐ろしい。

「やっぱり、話しててよかったね」

「ほんとほんと。フィリエルには感謝してもらわねえとな」

声をひそめてそんな会話を交わした後、カルロはレイスに対して声を大にした。

「でもさぁ、そんなに悪い話じゃないって。よく考えてみなよ父さん。ユイが結婚したらさ……」

「ユイはまだ十五歳です、結婚の話など早過ぎます‼」

考えたくないとばかりにレイスはカルロの言葉を遮ってその先を聞くのを拒否するが、今度はセシルが構わず続ける。

「でもいつかは結婚するでしょう。その時の相手が貴族か一般人かは置いておいて、結婚すればその家に嫁ぐことになるわけだし、今みたいに簡単に父さんの家に戻るわけにもいかないから、そうそう会えなくなるよ？　でも、もしフィリエルと結婚すれば、ユイが嫁ぐ先は王宮なんだから、王に近い宰相の父さんなら毎日でもユイと会えるじゃないか」

「…………」

セシルの言葉にレイスは言葉をなくす。きっと彼の頭の中で激しい損得勘定が行われているのだろう。

「セシルの言う通りだぞ。しかもフィリエルは次期大元帥《だいげんすい》を約束されたようなものだから、生活に困窮することもないし、他人に触れられないから浮気の心配もない。王族に加わることになるからユイも公務を行う義務はあるけど、第二王子の妻だから王妃と違って仕事量も各段に少なくてユイへの負担も少ないから、比較的自由に生活できるはずだ。父さんとの時間も多分に作れるさ。それにフィリエルは性格も温厚で、俺達に負けないぐらい昔からユイに激甘だ。こう言っちゃあなんだが、金も地位も性格もいい、かなりのお買い得物件だぞ」

さらにセシルが畳みかける。

「テオ爺はもちろん、今回の一件で他の王族方……特に王妃様がユイを気に入ってくださっているってテオ爺が言っていたから、一番こじれやすい嫁姑問題もなくユイを可愛がってくださるよ」

「こんなにいい条件がそろった嫁ぎ先なんてそうそうないぞ。なあ、父さん？」

「…………」

レイスはしばし考え込む。

確かに冷静に考えてみれば優良物件だ。

何より結婚しても毎日ユイに会えるというのが一番いい。

しかし、そんなことを考えている自分に気が付き、わずかに傾いた気持ちを遠くへ放り投げた。

「騙されませんよ！　どんなに優良物件だろうが、あの小僧にユイはもったいないです！」

セシルとカルロはチッと舌打ちした。

あともう一押しだったのにまた何か方法を考えねばと、セシルとカルロは視線を交わした。

「まあ、問題は父さんだけじゃないんだけどね」

「だな。むしろあっちの方がユイには問題だろう」

「そうだね、だから、フィリエルもしきりにユイの様子を気にしてたんだろうし」

「……どこまでユイを苦しめれば気が済むんだ、あの野郎っ」

真剣に魔具の説明を聞いているユイを見ながら、カルロはここにはいない男に向け、吐き捨てるように呟いた。


「こちらが店で選りすぐった高品質の魔具になります。デザインに関しましても自信を持ってお勧めできる代物です」

そう言って並べられた魔具を一つ一つ確認する。

通信用魔具と言っても、大きさだけでなく形まで様々なものがある。

手の平ほどの大きさの長方形のものから、懐中時計のようなものや、耳にかけるイヤーフック型の装飾品のようなものまで。

「ずいぶんいろいろ種類があるんですね」

「はい、今女性の方に人気なのは、この最新のイヤーフック型ですね。従来の手に持って使う物と違い、両手が空きますし軽量。しかも装飾品のごとく美しいデザインになっておりますので、魔具としてだけではなく普段使われるアクセサリーとしても、お嬢様方に大変人気でございますよ。こちらにあるデザインが気に入らなければ、オーダーメイドも可能です」

店員が言う通り、勧められた品は宝石が使われている大人っぽい綺麗なものや、可愛らしい装飾が施されたものなど、とても魔具とは思えない普通のアクセサリーのようだ。

ユイは悩みに悩んだ結果、白い花をモチーフにした可愛らしいデザインのイヤーフック型魔具を選んだ。

「これにします」

値段的にも報酬金額内で収まり、満足した買い物ができた。

「お買い上げありがとうございます。最終調整もございますので、一時間ほどお時間をいただきたいのですが、店でお待ちになられますか？」

「えっと……パパ」

ユイは確認のため、後ろを振り返り少し離れた所にいたレイス達を呼ぶ。

「どうかしましたか？」

「調整に一時間掛かるからどうするかって」

「一時間ぐらいなら店で待ちましょうか。店内の魔具を見ていたらすぐに時間が経つでしょう」

ユイとしても、他の魔具が気になっていたのでレイスの提案は願ってもない。

もっとも、それを見越してレイスが提案したのだろうが。

「どうぞ楽しんでご覧ください。店には最近出たばかりの新しい魔具もたくさんございます。お手に取って見たい場合は近くの店員におっしゃってください」

「はい」

店員が魔具を持って下がり、ユイは店内を見回していく。

魔具は一つ一つがかなり高価だ。

中には一般家庭でも手にできる安い物もあるが、そういった物は安い分だけ機能も簡素だったり粗悪だったりする。

高い性能や効果を求めるなら、必然的に値段も高くなってくるのだ。

なので、伯爵令嬢ではあっても、庶民として祖父母と生活するユイにはとても手に入れられるものではなく、これまで縁のなかった魔具専門の中でも高級品を多く取りそろえているこの店の中は、珍しさと驚きで見ていて楽しい。

しかし、いくつかの魔具を見ていく内に、ふとユイにある思いがよぎる。

「どうかしたのかユイ？　すごい難しそうな顔してるぞ」

どうやら考え込んでいる内に眉間に皺《しわ》が寄ってしまっていたらしい。

「……ねえ、カルロ兄様。魔法学園って、二年になったら選択授業で魔具の作り方を教えてくれるんだよね？」

「ああ、そうだぞ。俺とセシルもその授業を取ってるな」

「魔具ってどう作るの？」

「まあ、簡単に言うと、魔法を展開して発動前の状態の魔法を無機物に定着させるんだ。そうしたら魔法の機能が物質に刻まれる。でも学園で教えるのは簡単な機能の魔具だけだ。複雑な構築式の魔法になればなるほど、定着させるのが難しくなるからな。それがどうかしたか？」

この場でこんなことを言っていいのだろうかと言いづらそうにしながら、ユイは店員に聞かれないように声を落として話す。

「なんか魔具を見てたらね、私でも作れるのかなあって思ったの。カルロ兄様の話を聞いたら、なんだか作り方は簡単そうだし、私でもできるかも」

こんな高級店の高額な魔具を作れそうなどと、店に喧嘩を売るような言葉、普通ならば「何馬鹿なことを言ってるんだ」と一蹴するところだが、なんせ相手はユイだ。

国の研究者すら見つけられなかった魔法を作ったユイだけに、否定することはカルロにはできなかった。

「……うん、まあ、来年選択授業で魔具の授業を取ってからでいいんじゃないか？」

「そうだよね、じゃあ来年のために、今の内に作りたい魔具の機能と構築式を考えとこうかな」

本当に楽しみなのだろう。

あまりに嬉しそうに話すユイに、カルロは言えなかった。

魔具の選択授業は初級・中級・上級・専門とあり、それぞれ受講は一年ずつ。

魔具の作成は上級からで、最短でも四年生になってからだということを。


「ありがとうございました」

見送る店員を背にし、店を後にする。

ユイは耳に、先程購入した魔具をつけている。

やはり見た目はただのアクセサリーのようだ。

「よく似合ってるよ、ユイ」

セシルに褒められたユイは嬉しそうにはにかんだ。

「さて、では次に行きましょうか」

「次はユイのプレゼントだっけ?」

「ええ、私の知り合いの店で買いますよ」

ユイの誕生日は来週なのだが、ちょうど三校合同合宿と重なり当日は祝えないため、今日プレゼントを買い、レイスが予約した店で誕生日のお祝いをする予定なのだ。

夜にはシェリナも加わり、五人で夕食を食べに行くことになっている。

「ねえ、パパ、プレゼントは別にいいよ? もう別のものを頼んだんだし、これ以上は……」

「あれはあれ、これはこれです」

「でも……」

ユイが頼んだものはそれなりにお金のかかるお願い事だったため、これ以上をもらうのは気が引けた。

申し訳なさそうな顔をするユイだが、レイスが意見を変える様子はない。

「ユイ、諦めろ。父さんがこう言い出したら、買うまで絶対に帰らないぞ」

カルロにもそう言われ、ユイもようやく諦めの顔をする。

「……それはそうと、父さんに何頼んだんだ？」

「内緒、合宿の時になったら分かるから」

「へぇ、楽しみだな」

「うん」

上機嫌のユイをよそに、人知れずレイスは眉根を寄せ、少し不機嫌になっていた。

ユイの頼み事が不満でならないのだ。

けれど珍しいユイのお願いなので、何も言わず叶えることにしたのである。


次に訪れたのも、例に漏れず高級そうな店だった。

レイスの友人の店は衣装や宝飾品などを扱っているようだ。

「うわっ、ここってランゲルト商会だよな？」

カルロが驚いていると、セシルも看板を見上げて感心している。

「王室御用達で、国外にも支店を持ってるとこだよね。父さんの知り合いの店ってここ？」

「商会の一人娘が学生時代の友人なのですよ。とりあえず中に入りますよ」

店内は煌《きら》びやかな内装で、美しい衣装や輝く宝飾品がいたる所に飾られている。

それを貴族や金持ちとすぐに分かる質の良い服装をした者達が店員に勧められたりしながら、試着したり鏡の前で合わせてみたりしている。

さすが王室御用達とあって、店内にはたくさんの人がいた。

ユイ達が店に入ると、背が低めの初老の男性がレイスに近付いてくる。

「これはこれは、カーティス様。ようこそお越しくださいました」

「リディアはいますか？」

「はい、ただいま呼んで参ります」

男性は一礼するとすぐに店の奥に下がっていった。

それを目で追っていたカルロは、店内の一角に何故か人集《ひとだか》りができているのに気付いた。

「なんだ、あれ？」

「確かめたいけど、人が囲んでて見えそうにないね」

「後で見に行けばいいでしょう」

興味津々な双子とは反対にレイスは興味がなさそうに店内を見回している。

ユイはというと、その人集りも気になったが、それよりも別のあるものに目を奪われていた。

それは繊細な花の紋様が刻まれたライター。

ユイは一目見てそのライターに魅了された。

「綺麗……」

じっとライターから目を離せずにいるユイの横から、セシルとカルロが覗き込んでくる。

「刻まれている模様はエルフィーだね。ユイがさっき買った魔具にもモチーフとして使われてる花だ」

エルフィーという花は、ガーラントの国花として国民ならば誰でも知っている馴染《なじ》みのある花だ。

その昔、ガーラントの初代国王が最も愛した花として、王家の紋章にもエルフィーが使われている。

建国記念日が近くなると国中のいたる所で白い花が満開に咲き誇り、別名『王の花』とも言われている。

花の名も初代国王エルフィン王から取り、エルフィーと名付けられたそうだ。

ユイは昔からこのエルフィーの花が好きだった。

通信用魔具もエルフィーの花のモチーフだったのが決め手となっている。

「しかもこれ、ラロックの作品だね。どうりで素晴らしい品なはずだ」

「ラロック？」

聞き覚えのない名前にユイは首を傾《かし》げると、セシルが説明してくれる。

「こうした宝飾品のデザインから細工まですべて一人で手掛けている人でね。彼の作品は右に出る者はいないと言われている程、繊細で美しいと貴族の間で有名なんだよ。でも数が少なくて、製作された品も唯一取引しているこのランゲルト商会にしか置いていないんだ。噂じゃあ、腕はいいけど、かなりの変人らしい。ライターを作るあたり、噂もあながち間違ってないかもね」

火の魔法の使える者がほとんどの世界だ。魔力の高い者が多い貴族ではなおのこと。

一般家庭でも手が出せる安物ならまだしも、貴族や富裕層向けの商品ばかりのこの店にライターを置いていても買う者はほとんどいない。

まあ、そうは言っても人気のラロックの作品であるならば、使い道がなくともコレクションとして欲しいという人はいるだろうが。

「ユイはこれが気に入ったの？」

「ううん、ただ見てただけだから」

本当はものすごく欲しかったのだが、ライターの横に書かれていた値段を見て断念した。

貴族に人気の作家の作品だけあって、驚くほど値段が高い。

魔具を買った残りの額ではとても手が出そうになかった。

ユイは後ろ髪を引かれる思いでその場から離れる。

長年兄としてやってきた経験から、ユイが名残惜しそうにしていると感じたセシルは、隣にいたカルロに目配せする。

カルロも片割れと同じことを考えていたようで、すぐに通信用魔具を取り出し、ユイに気付かれぬようどこかに連絡を取り始めた。

「ちょっといいか？　あのさ……」


店の奥から出てきたその女性に幾人もの男性の視線が向けられる。

体の線を際だたせるようなぴったりとしたマーメイドラインのドレスを着た妖艶な女性。

耳、首元、指や手首には、それぞれ見ただけで高価と分かる宝石をふんだんにあしらった豪華な宝飾品を着けていた。

普通の貴族の女性なら敬遠しそうな露出度の高いドレスながら、下品な印象は一切与えず、むしろ気品と艶《あで》やかなその女性の魅力を存分に引き出している。

「いらっしゃい、レイス」

「こんにちは、リディア」

妖艶に微笑む美しい彼女に、それを見ていた周囲の男性数人が頬を染め見惚《みと》れている。

しかし、その笑顔を向けられたレイスは驚くほど反応がない。

リディアと呼ばれた女性は、レイスの後ろにいたユイに気が付いた。

「あら、確かあなたはユイちゃんだったたわね」

「はい。あの……どこかでお会いしましたか？」

「うふふ、話したことはないけれど、レイスの結婚式には私も出席していたから、その時見かけたの。結婚式で着ていたあなたとあなたのお母様のドレスは私の店のものだったのよ」

結婚式の時のドレスは当日レイスから渡されたため、どこで手に入れたものかまでは知らなかった。ここの店のものだったのかとユイは驚く。

「そうだったんですか。素敵なドレスをありがとうございます」

丁寧にお辞儀をするユイに、リディアは目を細め優しい眼差しを向ける。

「どういたしまして。うふふ、レイスがメロメロになる理由が分かるわね。あの時は邪魔があってあなたに会えなかったからようやく会えてうれしいわ」

邪魔？　とユイに疑問符が浮かんだが、リディアがわずかに冷たい視線をレイスに向けたため、邪魔した人物が誰だかすぐに分かった。

リディアは視線を双子に向ける。

「そちらの二人とは結婚式でお会いしたわね」

「はい、お久しぶりです。まさか結婚式でお会いしたあなたがランゲルト商会の方とは思いませんでしたが」

「またあなたのような美しい方にお会いできて光栄です」

「あらあら、お上手ね」

学園で女子生徒たちを魅了する笑みを浮かべ、セシルとカルロが挨拶をする。

一通りの挨拶を終えると、リディアは目を細めレイスを見た。

「そうそう、レイスから依頼されたものだけど、許可をもらって店内で展示したらすごい反響だったわよ。お店のいい客引きになったわ。ありがとう」

お礼を言いつつ、リディアからはわずかに不機嫌さを感じる。

「……それは、もしかしてあの人集りではないでしょうね？」

全員の視線が店に入った時から気になっていた人集りに向けられる。

「そのまさかよ。もう何度、いくらでも出すから売ってくれ、って言われたのを断ったか覚えていないわ。店の宣伝にはなったけど、正直面倒だから早く引き取ってね」

レイスは深い溜息を吐いたが、意味の分からないユイ達は目を見合わせ首を傾げた。

「ねえ、パパ、なんのこと？」

「ええ、実は、ユイの誕生日プレゼントをリディアに頼んでいましてね。少しの間店に展示させてくれと言われて許可したのですよ」

「ガーラントではほぼ手に入らない、オルティリア国の希少な宝石を使って、名匠と言われるラロックが作り上げた、王に献上されてもおかしくない最上級の逸品よ」

リディアが発した内容に、それを贈られる予定のユイだけでなくセシルとカルロも絶句した。

とても誕生日のプレゼントに渡すようなものではない。

一体何を考えているんだとレイスの価値観を疑うと同時に、それほどの品を特注で頼むのに必要だった金額が大いに気になる。

カーティス家が破産するのではないかという不安が三人を襲った。

「何を考えてるんだよ、父さん。いくら宰相は給料がよくてもやり過ぎじゃない？」

「ユイが可愛いのは分かるけど、そんなもの買って破産したらシャレにならないぞ？」

「パパ、私誕生日のプレゼントはいいから、今から返品できない？　最悪売っちゃうとか……」

子供達から次々繰り出される抗議の言葉に、リディアは肩を震わせ声を出して笑いそうになるのを我慢している。

本気で心配している真剣なユイ達に、レイスは深い溜息を吐く。

「はぁ。あなた達が心配するようなことはありませんよ。確かに市場に出れば極上の逸品ですが、私のコネを最大限に活用していますから、あなた達が思っているほど金額はかかっていません」

「コネ？」

「オルティリア国の現国王とラロックとは友人なのですよ。なので、宝石はその伝手《つて》で格安で譲ってもらいましたし、ラロックにいたってはユイの誕生日だからと告げたら、特別に無料で作ってくれました。ですから、お金の心配をする必要はありませんよ」

ユイ達は疑いの眼差しを向けながらも、ようやく納得した。

「それなら大丈夫かな？」

「なんせ父さんならやりかねないからな。問題ないならいいんだ」

「さすがに、最低限の分別は弁《わきま》えてるみたいで安心したよ」

「いくら私でも、子供に心配させるようなお金の使い方はしませんよ」

恨めしそうに半目になるレイスに、ユイ達はふいっと視線を逸《そ》らした。

「レイスにこれだけ言いたい放題できるあなた達はすごいわね。面白いものを見せてもらったわ」

リディアはまだ少し笑っていたが、なんとか店内で大声を出して笑うという醜態を晒《さら》す危機は乗り切ったようだ。

「それはそうと、なんでそんな方達と友人なの？」

リディアも含め、あまりにも豪華なメンツにユイは不思議に思って質問した。

「オルティリア国王ともラロックとも、学生時代の友人だからです。まあ、オルティリア国王と一緒だったのは留学していた一年ほどの短い期間でしたが、ずいぶん気が合ってそれからの付き合いです」

すると、リディアが横から口を挟む。

「あら、宝石をオルティリア国まで取りに行かされたメルフィス家の跡取りのヴァンを忘れたら可哀想よ」

メルフィスという名にセシルがいち早く反応した。

「メルフィスって、多数の事業を手掛けて経済の上で絶大な発言力がある、あのメルフィスですか？」

「そう、そのメルフィスよ。彼も同じ学生時代からの友人で、メルフィス家の商船はオルティリア国や多数の国で審査が少なく済むから、早く行って帰って来られるって理由で、レイスの使いっぱしりにされたのよ」

セシルとカルロは口元を引きつらせた。

「メルフィス家の跡取りを使いっぱしり……」

「魔王と恐れられるだけじゃなく、人脈も恐ろしいな」

カルロの呟きにユイとセシルは深く頷いた。

ガーラント国とは同盟国で、小国ではあるが鉱山などの資源が多く、良質な宝石や鉱物を輸出していることで、周辺諸国の中では裕福なオルティリア国の国王。

ただの職人ではあるが、貴族や資産家にたくさんのファンがおり、国内だけでなく国外にもかなり幅広い人脈を持っているラロック。

そして、王室御用達で国内外に支店を持つ、国内有数のランゲルト商会の一人娘のリディア。

この三人だけでも、かなりの人脈と権力を持っているのに、数々の事業を手掛ける資産家で、絶大な影響力と発言力を持つメルフィス家の跡取りヴァン。

レイスの本当に恐ろしい所はその交友関係ではないかとユイ達は思った。

「さあ、問題も解決したところで、リディア、お願いします」

「分かったわ。ユイちゃん、こっちに来てね」

「なんですか？」

「この後食事に行きますから、きちんとした盛装をしないといけませんからね。リディアのセンスは文句なしですから、ユイに合う服を見立ててくれます。セシルとカルロも好きなものを選びなさい」

「やった、父さん太っ腹！」

「ありがとう」

喜ぶ双子をよそに、ユイは困惑したままリディアに腕を取られ、小部屋のような広々とした試着室に連れて来られる。

試着室には大量の服と数人の女性店員が。

その光景を見た瞬間、ユイは既視感に襲われた。

「なんか最近似たようなことが……」

「じゃあ、時間もあまりないことだしサクサクいきましょうか。覚悟してちょうだいね、ユイちゃん」

王宮での一幕を彷彿とさせる、リディアと店員のいい笑顔。

悪夢再来の予感に、ユイは顔を引きつらせた。

「お、お手柔らかにお願いします……」


ようやく解放されたユイが戻って来ると、すでに服を着替えて盛装したレイスにセシルとカルロが待っていた。

元々学園でファンクラブすらある二人の盛装姿は、普段の二割増しで格好よく見える。

それに性格は難ありだが、物腰柔らかで整った容姿のレイスと並んでいると、それだけで人目を引き、令嬢や夫人方の熱い視線を一身に受けていた。

「お待たせ……」

「ユイ、大丈夫？」

「なんとか」

ユイのあまりに疲れ切った様子に、セシルは綺麗に着飾った姿を褒めるより心配する言葉が先に出る。

「やり過ぎですよ、リディア」

レイスが注意するが、リディアは悪びれた様子もなく楽しげに笑った。

「うふふ、ごめんなさいね。ユイちゃんがあまりに可愛いから、店の子達もちょっと張り切り過ぎちゃって」

満足そうな笑みを浮かべるリディアに、レイスは「だからあなたに会わせるのは嫌だったのですよ」と呟く。

「さあ、後はレイスから頼まれていたものだけど、今つけていく？　一応それに合う服にしているけれど」

「そうですね、それでいいですか？」

「うん」

ユイが頷いたのを見て、リディアは店員を数人呼び、展示している品を持ってくるよう告げると、店員達は何故か涙しそうなほどとても嬉しそうな顔で取りに向かった。

展示されてからというものずっと、王に献上されてもおかしくない希少な宝石を使ったラロックの作品ということで、普通に販売すれば目の玉が飛び出るほど貴重で高価な品の取り扱いに店員達は戦々恐々としていた。

そんな品にもし傷でも付けられたらたまらないと、それを見ている客達に冷や冷やしつつ、しつこいほど売ってくれと言い募る地位の高い客を怒らせないように対応する日々。

そんな気を張る毎日からようやく解放される嬉しさ故に心から喜んでいたのだった。

店員数人が、展示されていた品の周りにいた人達に離れるよう促す。

不満そうな顔をしながらも、礼節を知る上流階級なだけに指示に従う者が殆どだ。

中には店員に不満をぶつける者もいたが、人目がある中でそれ以上騒ぐことはできず、渋々ながら従っていた。

そうして店員の一人がガラスのケースを開け、中に入っていた宝飾品数点を持ってリディアの許に戻ろうとした時、ユイと同じ年ぐらいの娘を連れた女性が店員に近付いた。

「少しよろしいかしら」

「はい、どうかなさいましたか？」

「その品なのだけど、娘がとても気に入ったようだから、売っていただきたいの」

「申し訳ございません。こちらはすでに売約済みとなっておりますので」

「ええ！　私はこれがいいわ、お母様」

そのやり取りを遠目に見ていたセシルとカルロは眉間に皺を寄せ、険しい顔になる。

ユイは兄達のいつにないその様子に、どうしたのかと声をかけようとした。

しかし、それより先にその母子の視線がセシルとカルロに向かい、驚きの表情を浮かべ声を上げた。

「あら、お兄様！　お兄様達もいらしていたの？」

ユイと同じ年頃の少女が親しげに双子に話しかける。

一瞬ユイは、彼女は何を言っているんだと、どこか他人事のようにことのなり行きを見ていたのだが、その少女がセシルとカルロに向かって告げているのだと気付き、顔が強張った。

（お兄様って……。もしかして……）

母子が近付いてくると、まるでユイの盾になるように、カルロが前に立ち、姿を遮った。

少女はセシルに近付き、腕に手を絡ませる。

その行動にさらに顔を険しくしたセシルは、ごく自然に自分の腕に絡まった手を解き、少女から距離を取った。

セシルのその表情から、明らかに嫌悪の感情が見えるのだが、少女は気付いていないのか気付いていても関係ないと思っているのか、まったく気にした様子はなかった。

「もう、お兄様ったら恥ずかしがりやなんだから」

敵意すら感じる眼差しを向けるセシルとカルロを前にして、これだけ意に介さない姿は天晴《あっぱ》れと言うほかない。

「駄目ですよ、アデル。淑女が人前でそんな軽々しく男性にくっつくものではありませんよ」

そう言って少女をたしなめる母親は、華やかで艶のあるリディアとは正反対の、清楚で大人しそうな女性だった。

「別に兄妹《きょうだい》なんだからいいじゃない」

「よくないわよ。ごめんなさいね、セシルさん。……ところで、そちらのお嬢さんはどなたかしら？」

目鼻立ちのしっかりしたアデルという少女に、よく知る人物の面影を感じ、確信を持ったユイは、不意にかけられた声にびくりと体を震わせた。

カルロがユイを見えないよう遮っていたにもかかわらず目ざとく見つけたその母親に、カルロはそばにいたユイにしか聞こえない小さな舌打ちをした。

「あなた達には関係ありませんよ」

「そ、そうね、ごめんなさい」

冷たく突き放すセシルの言葉にその母親は悲しそうな表情を浮かべ俯《うつむ》いた。

一見するとセシルが女性を責めているように見える光景だが、そうだとしても構わないと言わんばかりに、目の前にいる女性を見る目はどこまでも冷ややかだ。

「ユイ、準備ができたようですから、こちらに来てください」

それまで傍観していたレイスがユイを呼ぶ。

その場に居づらかったユイは言われるままにレイスの許に行くと、先程まで展示されていた宝飾品がテーブルの上に綺麗に並べられている。

「つけていくから少しじっとしていてね」

言われるまま大人しくしているユイに、リディアはイヤリング、ネックレス、髪飾りをつけていく。

着替える前まで身につけていた魔具と、フィリエルとおそろいのペンダントはあらかじめ外してある。

「すごい、綺麗……」

オルティリア国の宝石は虹色にキラキラと輝き、見る方向によっていろいろな色に見える不思議な石だった。

その宝石を使い、ラロックによって作られたその宝飾品は小振りで控えめな可愛らしいデザイン。

ユイのために作られただけあり、儚《はかな》げなユイの雰囲気にぴったりと合っていた。

鏡の前に立ち、宝飾品を合わせているユイを、店内にいたほとんどの客が注目している。

「展示されていた品はあの子のものだったのね」

「一体どこのご令嬢かしら」

「どうやってあれほどの物を手に入れたんだ?」

他にも「羨ましい」、「私も一度でいいからつけてみたい」などといった羨望の声が店内のいたる所からひそひそと聞こえてくる。

今までにどんな貴族や資産家が欲しいと頼み込み、大金を出すと言っても頑なに断られ、噂を聞いてわざわざ見るためだけに足を運んだ者もいた。

そんな品をつけているユイに視線が集まるのは仕方がないことだった。

「さすがラロック。変人ですが、腕は素晴らしいですね、ユイにぴったりです」

「でも、パパ。こんなにたくさんは……」

満足そうなレイスとは違い、一つだけと思っていたユイは、嬉しさより申し訳ない気持ちの方が上回って、素直に喜べないでいた。

リディアに見立ててもらった服や靴。

そして耳と首と頭につけられた宝飾品。

いったい今の自分は総額いくらなのだろうか……。怖くて考えられない。

「これは私の気持ちです。ユイが私の娘になって初めての誕生日ですからね、私にとっての記念日でもあるのです。受け取ってください」

娘になった記念。

そこまで言われては受け取らないわけにはいかない。

「うん、ありがとうパパ。大事にするね」

親しい者にしか向けないユイの柔らかな笑みにレイスが満足した時、横から不快な声がかけられた。

「ねえ、それって今まで展示されていたものよね。ちょっとでいいからつけさせてよ」

アデルの不躾《ぶしつけ》なその言動にレイスの機嫌が一気に下がる。

触れてはいけないものに触れてしまったことに、親子だけが気付いていない。

「まあ、駄目よアデル、失礼でしょう。申し訳ございません。……ですが、それを娘がとても気に入ったようで、できれば一つでもいいので譲ってはいただけませんか？」

それだけあるのだから一つぐらい譲ってくれてもいいだろう、と言いたげな発言。

眉尻を下げ困ったようにレイスに頼むその姿は、弱々しく庇護欲《ひごよく》を誘い、男性ならば思わず目を奪われてしまう仕草だったかもしれない。

しかし、相手が悪かった。妻と娘至上主義のレイスにとっては、なんら魅力に感じるものではない。

むしろ感じるのは不愉快さ、ただそれだけだ。

「冗談じゃありませんよ。申し訳ないと娘の無礼を謝っておきながら譲れだなんて、まったく悪いと思っていないでしょう？　そうでなければそんな面の皮の厚いことを言えるはずがありませんからね。そんな無礼な相手と言葉を交わすつもりはありません。人に物を頼むならば先に礼儀を覚えてからにしてください」

芯が冷えるような冷たい声。

女性は少し驚いた顔をした。

まさか断られるとは思ってもいなかったのだろうか。

次の瞬間には、その親子はレイスの眼中になく、それから一切視線を向けることはなくなった。

唖然とする母親と違い、アデルの方はそんなレイスの態度にかっと怒りを浮かべ言い返そうとしたのだが、周囲から声が聞こえてくる。

「突然つけさせろだなんてずいぶん礼儀知らずな令嬢ね、どちらの方？」

「本当に。思っていてもあのようなこと普通は口に出さないわよ、恥知らずね」

「交渉するにしてもやり方があるだろうに、非常識にもほどがある」

などと、親子に批判的な視線が向けられているのに気付くと、そそくさと店を後にしていった。

ユイは去って行く親子の後ろ姿を見送りながら、兄達に問いかけた。

「ねえ、兄様。あの人達ってもしかして……」

「そうだ、ユイの思っている通り、あいつと再婚した愛人とその娘だ。娘の方は一応俺達と半分血が繋がってる。ユイとは同い年だ」

「そう……。やっぱり」

予想通りの答えがカルロから返ってくるとユイの表情が曇り、慰めるようにカルロが頭を撫でる。

レイスは眉をひそめる。

「話には聞いていましたがとんでもない親子ですね」

「だって、母親の方は自分が一番で、家でも自分の用事をしてることがほとんどだし」

「娘を可愛がる素振りはするけど、躾《しつけ》なんて一切してないから、娘に礼儀や常識なんて備わってないんだよ」

と、セシルとカルロは呆れと怒りをあらわにして説明する。

「あの女、父さんが自分に見向きもしないから驚いていたな」

「いい気味だ。そもそもあの女にそんな魅力なんてあるわけないのに、何を勘違いしてるんだか」

次々に放たれる兄達の辛辣な言葉。

よほど二人はあの親子を嫌悪しているのだと分かる。

「まあいいでしょう、馬鹿親子は退散しました。今一番重要なのはユイです」

「確かに」

「同感」

三人の意見が一致したところで、ユイの周りに集まり宝石を眺める。

「ところで、そっちは誰の？」

セシルの視線の先には、ユイと同じオルティリア国の宝石があしらわれたネックレスにブローチ、イヤリング、指輪がある。

こちらはユイのものより大人っぽいデザインをしていた。

「それはシェリナに贈る分ですよ」

そう嬉しそうに話すレイスに、ユイ達は顔を近付けひそひそと話す。

「これってどう見てもあっちが本命だろ」

「私もそう思う」

「右に同じ」

三人が確証をもって言うのは、シェリナへ贈る宝飾品についている宝石が、明らかにユイのものと比べて大きいのだ。

種類もシェリナの方がわずかに多い。

そして何より、ユイに渡した時以上に顔の締まりがなくなり、今にも羽ばたきそうなほどウキウキしているレイスを見れば一目瞭然だった。

恐らくシェリナの喜ぶ姿でも想像しているのだろう。

「ユイのはついでか？」

「そうかも」

妙に納得してしまうユイ。

「でも、おかげでユイも気兼ねなくもらえるからいいじゃないか」

「うん、ママともおそろいだし」

それを聞いていたリディアがクスクスと笑う。

「確かにシェリナさんへの気持ちの方が強いかもしれないけど、決してついでじゃなくてちゃんとユイちゃんのための贈り物よ。大事にね」

「はい、もちろんです」

当然それを分かった上で、半分冗談で言っていたユイはしっかりと頷き、リディアも満足そうに笑った。

「じゃあね、ユイちゃん。また店に遊びに来てちょうだいね。その時はもう少し時間を掛けてユイちゃんの服を選びたいわ」

「そ、その時はお願いします」

顔を引きつらせながら返事をし、シェリナへの贈り物を包装してもらうと、リディアと別れ店を後にした。


最後はシェリナと待ち合わせしているレストランを訪れた。

しかし、シェリナはまだ来ていなかったようで、先に個室に通され到着を待つ。

その間、ユイはある思いが頭の中を回り、知らず知らずの内に考え込んでしまっていた。

「どうかしたのか、ユイ？」

先程から口数の少ないユイを訝《いぶか》しんでカルロが声をかけた。

「ううん、なんでもないの。ただ、ちょっと……」

「あの親子が気になった？」

言葉に詰まったユイの言いたいことを見透かすようにセシルが問うと、答えづらそうに頷いた。

「別に、あの人達に対して特にどうとかいうわけじゃないの。ただ彼女は毎日兄様達に会えてるんだなって思って……。それに兄様達のこと、お兄様って呼んでるのも、なんだか違和感があるっていうか……」

姉か妹がいることは知っていたし、どんな子かと考えたりもした。

でも実際会ってみると、自分でも驚くほど何も感じなかった。

思っていたより、自分の中では血は繋がっていても他人だと割り切れていたらしい。

しかし、彼女自身には何も感じなかったが、時々しか会えない大好きな兄達を『お兄様』と呼んでいる姿が大きく心を揺さぶった。

そして彼女は毎日彼らに会えていると思うと、ユイの中にもやもやした複雑な気持ちが渦巻いたのだ。

「兄様達の妹は私だけじゃないんだって思ったらなんだかすごく嫌な気持ちになっちゃって……」

いわゆる嫉妬という感情。

大好きな兄を取られたようで寂しいと、それを隠すことなく顔に出し拗《す》ねた様子のユイに、セシルとカルロは可愛さと嫉妬された嬉しさに左右からぎゅっとユイを抱き締めた。

「何言ってるんだ、俺達の妹は可愛いユイだけだぞ。あいつを妹なんて思ったことないからな」

「うんうん、心配なんかしなくても俺達が大好きなのはユイだけだよ」

まさに溺愛といっても過言ではない、蕩《とろ》けるような表情を浮かべるセシルとカルロ。

「私にどうこう言う前に、一番ユイに甘いのはあなた達でしょうが」

甘さ全開の双子に、すかさず呆れた顔のレイスのツッコミが入った。

「大丈夫ですよ、ユイ。来年の春頃には二人とも一緒に暮らせるようになりますから」

「どうして？」

レイスの思わぬ言葉にユイは小首を傾げる。

「来年には俺達の姓もカーティスになる予定だからだよ」

カルロの言葉にユイの目が限界まで見開かれた。

「え、でも、そんなことできるの？」

「できるんだよ、それがな」

カルロが得意げに胸を張り、セシルが小さく笑って話し出す。

「未成年である俺達がオブライン家から抜けるには、親権を持つ保護者の許可が必要になってくる。でも、成人した者なら保護者の許可がなくても本人の意志一つで戸籍の移動が可能なんだよ」

「つまり来年俺達が二十歳の誕生日を迎えて成人したら、父さんに親権を移す手続きをする。そうしたらセシルと一緒にあの家を出て、カーティスの家で母さんやユイと暮らせるんだ」

セシルとカルロと一緒に暮らせる……。

それは不可能だとユイが諦めていたことであり、本当に実現するのなら喜ぶべき事柄だ。

しかし、ユイの顔色は芳《かんば》しくない。

「でも、そんな簡単にいかないんじゃ……」

ユイの懸念は三人の実の父親であるアーサーである。

あの父親が優秀な跡取りである二人を簡単に手放すとは思えなかった。

法的に二人をレイスの息子にしたとしても、何かしらの行動を起こすのではという不安がユイの顔を曇らせる。

「心配などいりません、私を誰だと思っているのです。この国の宰相であり、この国で王に次ぐ権力者ですよ。人脈とてあの男とは比べものにならないほどあります。それに、いざとなったら陛下にお願いしてなんとかしてもらいますよ」

などと言って、レイスは極悪な笑みを浮かべる。

ユイの不安を払拭させるに十分な自信満々の笑顔だが、王にするのは『お願い』ではなく『脅《おど》し』の間違いでは？　と全員の心の声が一致していた。

ユイ達は別の不安に駆られてしまう。

「たかだか一貴族の問題に、王が介入するなんてありえないだろ」

「でも父さんならやりかねないのが恐ろしいな」

使えるものは王であろうと躊躇《ためら》いなく利用する男だ。

こき使われる王が不憫《ふびん》でならない。

「けどさ、父さんは本当にそうなっていいの？」

突然カルロが不安そうにレイスに問う。

「どういうことです？」

「いやさあ、親権を移すってことは、俺達は父さんの息子になるってことじゃんか。血の繋がらない俺達を迎え入れてもいいのかなって」

ユイにも言えることだが、血の繋がらないレイスにこれほど甘えてもいいのかという葛藤は常に渦巻いていた。ユイには兄達の気持ちがよく分かった。

しかし、そんな思いもレイスの前には杞憂に終わる。

「私と血が繋がっていなくともシェリナとは親子でしょう。私はシェリナの総てを愛しています。ですから、シェリナの大事な子供達なら血の繋がりなど関係なく私にとっても大事な子供です。

それに普段から私を父さんと呼んでいながら、今さらでしょう。生意気な息子が二人増えるぐらいどうということはありませんよ」

本当の父親よりも父親らしく、愛情を感じるレイスの言葉に感動を覚える。

セシルとカルロは照れ臭そうに笑みを浮かべた。

「ただし、シェリナとの時間を邪魔したら即刻家から放り出しますからね‼」

「わざわざ言わなくても邪魔なんてしないよ」

「命は惜しいからな」

感動したのも束《つか》の間、真剣な顔で釘をさすレイスに呆れた視線を向ける。

「じゃあ、また兄様達と一緒に暮らせるんだ……」

先程までの心のモヤモヤを打ち消す嬉しい話にユイも感激を抑えきれない。

喜びを噛み締めるような笑みを浮かべ、ユイは来年の春を待ち遠しく感じた。

そんなユイをよそに……。

「くふふふふっ、セシルとカルロが家に来れば、ユイも一緒に暮らしてくれるようになるでしょうからね」

そんな裏の思惑が口から洩れていたが、幸いにも聞こえたのはセシルとカルロにだけだった。

「最後のがなければ、いいこと言ってはいるんだけどなぁ」

「どこか残念なんだよね」

言葉だけを聞けば、懐《ふところ》が広く情に厚い愛妻家。

しかし、目尻を下げ口元を緩ませた締まりのない顔が、すべてを台なしにしていた。

そうこうしている内にシェリナが到着。

シェリナも加わり家族で盛大にユイの誕生日を祝い、終始ユイは楽しく過ごした。


その日の夜、ユイは自室で今日買ってきた通信用の魔具を握り締めて、深刻な顔をしていた。

しばらくそのままで動かなかったユイは意を決したように魔具を起動させる。

魔具を使って、一番に話す人はあらかじめ決めていた。

この人以外に頭には思い浮かばなかったのだ。

『誰だ？』

ついこの間会ったばかりなのに、まるで何年も経っているような錯覚に陥るほど懐かしく感じるその声。

「エル、私」

『ユイか⁉』

通話の相手であるフィリエルはひどく驚いた声をしていた。

それはそうか。王宮で別れて以降まったく連絡は取っていなかったのだから。

『どうして？　双子に魔具を借りたのか？』

「ううん。今日通信用の魔具を買ってきたの。最初はエルとの通話に使いたくて」

『そうか』

柔らかなフィリエルの声を聞いていると、それだけで心が落ち着く気がした。

けれど、これからユイが言わんとしていることは、そんなフィリエルを遠ざけるものだ。

最悪、彼に嫌われてしまうかもしれない。

こんな風に話すことすら最後になるかも……。

そう考えたら鼻がツンとして涙があふれてきそうだった。しかし、これはフィリエルのためでもある。

いや、本当は自分が怖いからなのだが、目を向けるのを避けていた。

「エル……。もう少ししたら合宿だね」

『ああ、そうだな』

「その前にエルに言っておきたいことがあるの」

『なんだ?』

「前に王宮で私を好きだって言ってくれたよね。……すごくびっくりした」

すると、魔具の向こう側からクスクスと笑い声が聞こえてきた。

『だろうな。ユイはちょっと鈍感だから仕方ない』

優しさにあふれたその声色が逆にユイを責め立てる。

「あの時の返事するね。……私はエルの気持ちには応えられない」

しばしの沈黙が落ちた。そして……。

『そうか。分かった』

フィリエルの返事はとても簡素なものだった。

声にも動揺がなく、ユイの方が逆に普通過ぎるフィリエルの声に動揺してしまっている。

「うん。じゃあ、そういうことだから。ごめんね。おやすみ」

『ああ。おやすみ、ユイ。よい夢を』

その言葉を最後に魔具から手を離した。

「これでいい。これでいいんだ……」

ユイは自分に言い聞かせるように何度も口にした。

第二話【合宿開始】

フィリエルのことが頭から離れないまま、ついにやって来た合同合宿初日。

とは言っても、実際に合宿が行われる場所まで行くには、まずバーハルの街まで列車で二日間かけて移動した後、さらに馬車での移動が必要だった。

そして今はその列車の中。

そこであてがわれた個室で、せっかくの外の景色を見るでもなく、ユイはウトウトと眠たそうにしていた。

そんな時に扉をノックされ、わずかにユイの思考がはっきりしてくる。

「はい……。どうぞ……」

あくびを噛み殺した返事の後に入ってきた人物に、今度こそユイはぱっちりと目を覚まし驚きの表情を浮かべた。

「どうしてフィニーがいるの？」

合宿のメンバーにフィニーの名はなかったはずだった。

そもそもAクラスでもないユイが参加すること自体異例なのだ。それにもかかわらず何故かフィニーが目の前にいる。

一瞬寝ぼけているか他人の空似かと疑ったが、確実に起きているし間違いなくフィニー本人だ。

「いやぁ、本当だよね。僕自身も驚いててさ、ちょっとだけ試験でやり過ぎちゃったみたい」

「ちょっとだけ、じゃないからここにいるんでしょ！」

あまりの驚きにフィニーにしか目が行っていなかったが、後ろから鋭いツッコミが入ってようやくフィニー以外の人物がいることに気が付いた。

「ライル……。それにクロとイヴォも」

フィニーの後ろには、鋭いツッコミをしたライルの他に、眼鏡をかけた神経質そうな雰囲気を持つクロイス・カストレン。

ユイと比べたら少し高いが同年代の男子と比べるとやや身長が低く、幼さの残る顔のイヴォ・ア

ルマンの姿があった。

このクロイスとイヴォもまた、中等学校からの友人で、去年の中等大会の一位と二位である。

ちなみにユイとライルも準決勝まで勝ち上がり、ライルはクロイスに負け三位。

ユイはイヴォに不戦敗で四位だったため、この部屋には大会の上位者がすべてそろったことになる。

「ユイちゃんの部屋は個室かぁ、良いな〜。俺らは三等車で四人部屋だよ。酷いと思わない？　この扱いの差！」

列車は特等車から三等車までランクがあり、伯爵家以上の家の者は一等車。

それ以下の爵位の者は二等車、爵位を持たない者は三等車と振り分けがされていた。

三等車では狭い部屋に二段ベッドが置かれ、自身が自由に動き回れるのはベッドの上だけという、寝るためだけのかなり窮屈な部屋だった。

逆に一等車であるユイの個室は三等車の四人部屋より広く、ふかふかのベッドにソファーやテーブルが置かれた、長時間の移動でも苦にならない広々とした部屋だった。

本来学校の行事では身分にかかわらず実力が物を言うのだが、この合宿は学校の行事とはまた違うものとの判断なのだろう。

三等車にあてがわれた生徒は、その窮屈さ故に列車の中を動き回る者が多く、ライル達もその理由で動き回っていたところ、ユイの部屋に行こうとなったのだった。

「それより、やり過ぎたってどういうこと？」

きょろきょろと部屋の中を見回していた一同はユイに意識を戻し、年齢からすると少し幼く見える顔を不機嫌そうにしたイヴォがユイの隣にどさりと座る。

イヴォに続くように、他の皆も部屋の中で思い思いの場所に陣を取り落ち着くと、まず始めにフィニーが話し始める。

「この間の試験で、僕と戦った相手覚えてる?」

「……確かフィニーにぼろぼろにされちゃってたAクラスの人?」

「そう。その彼はこの合宿に参加予定だったんだけど、ランクの低いクラスの生徒に手も足も出なかったのが余程ショックだったらしくて、自分じゃ無理だって直前に参加を拒否しちゃったんだよね。それで責任取れって、僕が代わりに来ることになったんだよ。参っちゃうなー」

あははは、っと楽しそうに笑っているフィニーをユイは呆れたように、ライルとクロイスは顔を引きつらせて見る。

「笑い事じゃないから!　ライルは黙っていられないとばかりにツッコミを入れる。

あいつ試合の後かなり落ち込んで、俺にAクラスの資格はないって泣いちゃってたんだよ?」

クロイスも同情した様子でライルに同意する。

「よりによって自分が使った魔法と同じ魔法。しかも自分より強力な魔法で返されたらプライドはズタズタのボロボロだろうからな。プライドが人一倍高いAクラスな分、反動が大きかったんだろ」

「フィニーはもう少し自重しないと。とりあえずフィニーがここにいる理由は分かったけど……どうしてイヴォはこんなに不機嫌なの？」

ユイは、ここに入って来てからというもの、一言も発することなく隣に座る人物へと視線を移す。

腕を前で組み、仏頂面で不機嫌さを隠そうともしないイヴォ。

「それユイちゃんのせいだよ」

「私？」

ユイが目を丸くし、指で自身を指し示すと、そうだと言うようにイヴォ以外の全員が頷く。

「お前が試験でAクラスの奴と戦ったからだ」

クロイスがそう言うが、ユイにはどういうことか分からず首を傾げると、ライルが引き継ぎ説明する。

「大会の時はユイちゃんの不戦敗で戦えなかったのに、学校の試験で別の人とは戦ったから拗ねてるんだよ」

ライルの言い方が気に障《さわ》ったのかイヴォが強く反論する。

「拗ねてない！　ただ、他の奴とは戦ったのが気に食わないだけだ」

「それを拗ねてるって言ってるんだよ」

と、フィニーが呆れたように言う。

すぐに言い返そうとしたが、フィニーには口で勝てないのを嫌というほど分かっているイヴォは、矛先をユイへ向けた。

「そもそもお前が悪いんだぞ‼　試合直前になって誰にも行き先を言わずにいなくなる。ようやくルエルが見つけたと思ったらケーキを食ってただ⁉　しかもおかわりまでっ！」

「イヴォも食べたかったの？」

「違うわ‼」

呑気《のんき》なユイの返しに、イヴォの鋭いツッコミが入る。

イヴォは興奮のあまり、ぜぇぜぇと息を荒らげて顔が真っ赤になり、もう今にも血管が切れて倒れそうだ。

「別にいいじゃない。大会でしなくても、イヴォとならいつだって試合できるんだし。合宿終わったら学校の自習室借りて対戦する？」

「大会でなければ駄目なんだ！　お前の実力を周りの奴らに分からせるには大きな大会でなければ意味がない」

イヴォは戦えなかったことだけが不満だったわけではなかった。

誰よりも実力がありながら、リーフェというだけで周りから落ちこぼれと認識される。

勝ち進めば自然となくなると思っていた周りの不快な声は、ユイの実力を知る対戦相手が次々と棄権《きけん》したため、さらに強まってしまった。

それがイヴォには我慢ならなかったのだ。

ユイの実力を認めているからこそ。

「俺と戦っていたら確実にお前が勝っていた。そうすれば周りはお前の実力を認めて、陰口なんて言えなくなっていたはずなんだ。それを……それをお前はあぁぁ！」

再び怒りが沸点まで到達し、イヴォは立ち上がると今にも掴みかかるような勢いでユイに詰め寄る。

しかし、怒り心頭のイヴォを前にしても、のんびりとしたユイの調子は崩れない。

「でも、どっちにしろ、私とイヴォが友達だって伝わったら、手加減したとか八百長だとか言われて、結局変わらないと思うけど？」

「見る奴が見れば分かる。見ても分からない無能な奴は放っておけ」

「はぁ……」

もうイヴォに何を言っても無駄だと思ったユイは溜息を吐き、現状から逃れるためフィニーに視線で助けを求める。

口の達者なフィニーに言い負かされてばかりいるイヴォは、どうもフィニーを苦手としている。

フィニーの前では借りてきた猫のように大人しくなるのだ。

そのため、いつもイヴォを抑えるのがフィニーの役目のようになっていた。

ユイの視線を受け、心得たとばかりにフィニーは笑みを深くする。

普通は面倒事を押し付けられたと嫌がりそうなものだが、逆に遊ぶ機会が巡って来たと解釈するあたりがフィニーだ。

「でもさあ、イヴォにユイを怒る資格はないと思うけどなぁ」

フィニーの発言にイヴォが反応し、ユイから注意が逸れた。

「どうしてだ？」

「だってさ、ユイと戦えなかったって怒って、その後のクロとの決勝戦出なかったでしょう」

「うっ……」

痛い所を突かれたというように、イヴォは口ごもる。

「そうそう、決勝戦が行われないなんて前代未聞だったよね」

と、ライルが笑顔で刺す。

「うぐっ」

「準決勝に引き続き、優勝最有力候補のイヴォが決勝戦不戦敗になったから、示し合わせたんじゃないかと俺まで疑われたな」

クロイスが不満そうな顔で眼鏡を指で押し上げる。

「ううう……」

「可哀想にね、クロ」

フィニーがポンポンとクロイスの肩を叩く。

ライルとクロイスの援護射撃に、今まで怒っていたのが嘘のようにイヴォの表情が弱々しくなっていく。

ユイと戦えない怒りと失望の感情のままに暴走した己の行動が、誉められたものではなかったと理解していただけに、反論の言葉も出てこないようだ。

「私を怒るくせに自分だって同じことしてるじゃない」

ユイの言葉がトドメの一撃となり、イヴォは頭を抱えて座り込んだ。

フィニーは実に楽しそうにそんなイヴォを眺める。

「ああ、落ち込んじゃったね」

「最初に言い出したのはお前だろ」

クロイスが憐れみを含んだ眼差しをイヴォに向ける。

こうしてイヴォの反応を見て遊ぶから、イヴォはフィニーを苦手としているのだ。

毎回反応よく返すイヴォも悪い気はするのだが。

「でもさあ、イヴォのせいで大変だったのは事実だし」

ライルの言葉に反論する者はここにはいない。

それは決勝戦の後、準決勝に続き決勝まで片方の選手が試合に出ないという珍事に、試合放棄したユイとイヴォ、何故かクロイスとライルまで大会主催者のお偉方に呼び出された。

最終に残った全員が友人ということで、八百長の有無と、試合に出なかった理由を聞かれたのだ。

主催者側はすでに八百長ではとの疑いを強く持っており、大会始まって以来の失態に発展すると予想していたのだが、ユイの「ケーキを食べてたら間に合いませんでした」発言に一気に脱力。

八百長ではないと認めさせたが、怒って出なかったというイヴォには、栄《は》えある大会をなんだと思っているのかというお説教と、ライル、クロイス含めた全員には、ちゃんとユイの世話をしておけという少々理不尽なお説教をこってりとされたのだった。

「俺とクロりんはまったく関係ないのに、俺達も怒られるなんて理不尽だよね。それに何故かユイちゃんはあまり怒られてないのが謎だ……」

「お前見てなかったのか、主催者側の者達のユイを見る目。ユイが落ち込んだ途端に小動物や孫を見る目になった。だから矛先がこっちにきたんだ。……それとクロりんは止《や》めろ、ライル」

最初はユイも皆と同様に説教されていたのだが、しょんぼりと落ち込んだユイを目にして、あまりに憐憫を誘うその姿に、怒っているこちらが悪いような罪悪感に襲われたお偉方は、それ以上怒るに怒れなくなり、怒りの矛先が男三人に向かってしまったのであった。

「ユイちゃんってなんとも言えぬ儚げさと、か弱さを持ってるもんなぁ。……ところで、クロイスよりクロりんの方が可愛いと思わない？」

「可愛さなど求めてない！」

「えー、クロりんも可愛くしたら得するかもよ？」

ライルが茶化す度に段々と眉間に皺が刻まれていき、これが限界という程皺が深くなった時、ユイの部屋の扉が開けられた。

反射的に皆の視線がそちらに向かいその人物を認識すると、ユイは嬉しそうにしながら近付いていく。

「セシル兄様、カルロ兄様」

「おう、ユイ」

カルロが側《そば》まで来たユイの頭を少し強めに撫でる。

それにより髪が乱れて不服そうにしながらも、ユイには兄に会えた嬉しさが見て取れる。

「ずいぶん賑やかだね。ノックしたけれど聞こえてなかったようだから勝手に入らせてもらったよ」

「ユイの友達か？」

「うん」

セシルとカルロが部屋の中を見回しながら一人一人に視線を向けると、それぞれ小さく頭を下げて挨拶していく。

面識のあるフィニーはいつも通りだが、イヴォ、クロイス、ライルの三人は緊張した様子で、しかしその目は尊敬する者を見つめるように輝いていた。

なにせセシルとカルロは全学年含めた学園一と言われる実力者。

王子であるフィリエルからの信頼も厚く、学園内で側につくことを許され、多くの機関が二人の獲得を巡って激しく争っているとまことしやかに噂されているぐらいだ。

同じAクラスとはいえ下級生の三人からすれば、お近付きになりたくてもなれない憧れの人物。

その二人がこれだけ間近にいるのだから、興奮するなという方が無理というもの。

「それで兄様達はどうかしたの？」

「ああ、ちょっとユイにお願いがあってね」

「お願い？」

意味深に微笑むセシルに首を傾げると、カルロがユイの耳元に近付き周りには聞こえない大きさの声でこっそり喋る。

「ほら、ユイが王宮で使ったっていうあの魔法、あれを俺達にもかけて欲しいんだ。今からあいつの所に突撃訪問しようと思ってよ」

あいつとはフィリエルのことだろう。

実に楽しそうに、悪戯《いたずら》っ子のような顔で言うカルロ。

ユイは驚くフィリエルの顔を容易に想像でき、口元が緩む。

「うん、じゃあ手を出してね」

ユイは二人の手の甲に手をかざし、魔法をかけた。

セシルとカルロは己の手の甲に刻まれた複雑な魔法陣を物珍しそうな顔でいろいろな角度から眺める。

「魔法の効果時間は三十分ぐらいだから気を付けてね。魔法の効果が薄れてくると手の魔法陣が消えてくるから」

「おお、分かった」

「あれ、確か王宮での時はもっと短かったんじゃなかった？」

そう、王宮で陛下達にかけた時は、砂時計の砂が落ちる程度の時間しか保てなかった。

「あれから改良したの」

ユイは王宮から家に戻っても研究を続け、最初は数分だった効果時間を伸ばせたのだ。

なんとしても合宿までには改良しようと意気込んでいたが、短期間でここまで成果を上げるにはそれだけ睡眠時間を削る必要があり、昨夜もほぼ徹夜で研究に徹していた。

そのせいで先程からずっと眠気に襲われている。

ユイの目の下に浮かぶクマを見つけた二人は苦笑してしまう。

どうもユイは好きなことになると、とことん熱中してしまう傾向にある。

それこそ、食事や睡眠を疎《おろそ》かにしてしまう程に。

逆にそれ以外のことになると酷く淡泊で適当だ。

「熱心なのはいいことだけど、体には気を付けないと駄目だよ」

「そうだぞ。それに睡眠不足は美容の大敵だからな」

セシルとカルロからそれぞれ注意され、ユイは殊勝に頷く。

「うん」

「じゃあ、時間がないからもう行くよ」

「ユイも一緒に来るか？」

カルロの問いかけに、ユイは首を横に振って拒否した。

フィリエルが驚くその場を見られないのを至極残念に思ったが、告白を断ってから日が浅く、まだフィリエルと会うのは気まずかった。

カルロもそれ以上何かを言うことはなかったので、ユイは人知れずほっとした。

「ありがとうユイ、後でね」

「じゃあな。……あっ、そうそう」

セシルが部屋の外に出て、続いてカルロも去ろうと部屋から体半分外に出た時、何かを思い出したように振り返り、部屋の中にいた男達に向かって告げた。

「お前達、ユイに手出すんじゃねぇぞ」

つい先程までユイに向けていた優しい兄の眼差しとは違う、敵意剥き出しの鋭い眼差しと地を這うようなドスの利《き》いた低い声ですごまれ、部屋の中にいた男達は硬直した。

そして次の瞬間、首が取れそうなほどの勢いで首を縦に振り、肯定を示したのである。

その様子に満足したカルロはセシルの後を追い部屋から出て行ったが、しばらくの間、男達は顔が青ざめさせたまま誰も喋ることはなかった。


列車の最後尾、一両に一つしか部屋がない、列車内で最も質の高い特等車。

そこがフィリエルにあてがわれた部屋だ。

特等車だけあり、列車内とは思えないほど広々としており、置いてあるベッドやソファー、壁にかかった絵画などの内装品は、落ち着きがある最高級のものでそろえられている。

室内には他に専属護衛であるルカとジークがいたが、部屋の外には王宮から派遣された近衛《このえ》が扉の両隣に立ち、目を光らせていた。

普段学園内では近衛が入って護衛することはなかったが、学園の外での行事となる時はルカとジークだけでは危険なため、近衛が付き添うことが許されている。

そのため扉前にいる以外にも、数人の近衛が列車内の警護にあたっていた。

フィリエルが、部屋の中でのんびりと本を読みながら時間を潰していると、扉がノックされる。

すぐにルカが反応し扉を開けると、扉の前で警護していた近衛が姿を見せた。

「何かありましたか？」

「殿下にお会いしたいと、ご学友の方が二名いらっしゃっていますが、いかがなさいますか？」

「ご学友？」

「はい、セシル・オブライン様とカルロ・オブライン様と申されております」

「ああ、双子ですか」

ルカはフィリエルに判断を仰ぐため振り返ると、フィリエルが頷いたのを見て近衛に通すよう告げる。

するとすぐにセシルとカルロが部屋に入って来た。

「よお、フィリエルー」

ご機嫌のカルロを先頭に入ってきた双子をよそに、二人の姿を目にしたフィリエルは機嫌が下降していくのが見て取れた。

「なんの用だ？」

どこかぶっきらぼうに話すフィリエルの様子をセシルは不思議に思ったが、カルロはまったく意に介していない。

「なんだよ、ご機嫌ななめだなぁ」

そう言いながらフィリエルが座っているソファーにカルロも座ると、肩を組むように腕をフィリエルの肩に乗せた。

そのカルロの行動に、フィリエルは驚きを露《あら》わにし、ルカとジークはぎょっと目をむく。

「ななな、何をしているんですか！」

「うわっ、馬鹿！」

動揺して叫ぶルカとジークをよそに、最初は驚いていたフィリエルだったが、二人の護衛のように慌てることもなくすぐに落ち着きを取り戻していた。

「ユイに魔法をかけてもらったのか？」

「そういうこと」

呆れ顔のフィリエルとは対照的に、カルロは悪戯が成功した子供のように楽しそうに笑う。

「ユイ？　それはまさかカーティス宰相のご令嬢のことですか？」

「なんでお前達が知ってるんだよ」

ルカとジークはフィリエルから出たユイの名に反応し、双子に視線を向ける。

「妹だからだよ」

当然のように答えるセシルに、本日二度目の驚きを露わにするルカとジーク。

「はあ⁉　何言ってるんだ、彼女は宰相の娘だろ？」

「二人も俺達の親が一度離婚して再婚したのは知ってるだろ？　ユイは母親に引き取られて、母親はその後宰相閣下と再婚したんだよ」

「なんとまあ……」

まさか自分達のよく知る双子と繋がりがあったとはとルカとジークは驚きつつも、あまりパーティーや茶会に出席せず王宮に引きこもり気味で、極端に付き合いが狭いフィリエルとこの双子が、学園に入学した当初から身分の違いを感じさせないほど意気投合していたことに対する疑問が今解決した。

「つまり彼女に魔法をかけてもらっているから触れていられるんですね」

「どうだ、羨ましいだろ」

そう言いながら見せ付けるようにフィリエルに近付くカルロに、ルカのこめかみがピクピクと動く。

羨ましいか羨ましくないかと聞かれたら、羨ましいに決まっている。

ルカもジークも護衛及び、身の回りの世話係として仕えているのだ。

それにもかかわらず、対象であるフィリエルに触れられない。

つまりそれだけ二人がフィリエルにできることは少ないということで、もしフィリエルに触れるようになれば、できることは多くなるのにと何度自分の無力さを感じただろうか。

フィリエルの護衛として誇りを持っている二人にとって、喉から手が出るほど欲しいものであり今一番の願望でもある。

それをまざまざと見せつけられ、無言で睨むルカとさらに煽《あお》るカルロ。

そんな不毛なやり取りをしていたため、誰もフィリエルの表情の変化に気が付かなかった。

「つまり、今お前達に触っても問題ないということだな」

フィリエルはそう小さく呟き、肩に回されたカルロの腕を掴んで捻ると、体勢を変えてカルロの背後を取り、右腕を首に回し、締めにかかった。

「ぐぇっ」

まるで蛙《かえる》を潰したような声がカルロから発せられる。

最初は、何を戯れているんだと呑気に見物していたセシルとジークとルカだったが、フィリエルの据わった目と、顔が真っ赤に変色してきたカルロを見て、これは本気だと気付き慌てて止めに入る。

「フィリエル、それ以上はまずい！」

「カルロが死ぬ！　死ぬからぁぁ！」

「離してくださいぃぃ！」

ルカとジークではフィリエルに触れないため、魔法が継続中のセシルがフィリエルを羽交い締めにしてカルロから引き剥がす。

「し、死ぬかと思った……」

思いがけず向こう側を垣間見そうになったカルロは、新鮮な空気に感謝しながら荒い呼吸を整えた。

「一体何してるんだよ、フィリエル」

普段温厚なフィリエルの突然の御乱心に一同困惑する。

「……ちょっとした冗談だ」

嘘つけ！　と全員の心の声が一致した。

現に今も目が据わったままだ。

フィリエルはソファーに座り直し、少し心を落ち着けると、セシルとカルロに不満をぶつけるように心中を吐露する。

「ユイにフラれた。俺の気持ちには応えられないって」

「あー」

「どんまい」

セシルとカルロはひどく憐みを含んだ眼差しで、フィリエルの左右の肩をそれぞれ優しく叩いた。

「でも、だからって俺に八つ当たりするなよな。死にかけたぞ」

「お前のヘラヘラした顔を見たら無性にムカついたんだから仕方ないだろ」

「お前がちゃんとユイを捕まえておかないからだろ」

反論できずフィリエルがじとっとカルロを見ていると、今にも襲いかかりそうだと察したセシルが労《いたわ》るように口を挟む。

「まあまあ、フィリエルも、一応ユイに意識してもらえるようになったんだから前進じゃないの？」

「断られたけどな」

「…………」

セシルのフォローにも、やさぐれ気味のフィリエル。何も言えなくなり、その場に微妙な空気が流れ、セシルはそっと視線を逸らした。

しかし、カルロが発した言葉にフィリエルの表情が一変した。

「いいじゃないか、これまで兄の友人だったのを異性と思ってもらえるようになったんだから。それに、一度断られたからって素直に諦めるわけじゃないんだろ？」

「当然だ」

たった一度の拒絶で諦めるぐらいの軽い思いならば何年も思い続けたりしない。

諦めるつもりなど毛頭ない。

ユイが根負けするまで、嫌われない程度にしつこく粘り強く、しがみつくつもりだ。

決意を新たにしたフィリエルだったが、次の瞬間その決意はセシルの言葉に軽く吹き飛ばされそうになる。

「あっ、そうそう。フィリエルがユイに告白したこと、父さんも知ってるから」

「お前達だけならまだしも、よりによってあの人もか⁉」

王宮で初めてレイスの溺愛っぷりを知ったフィリエルは、頬を引きつらせる。

バーハルに着くまでの間、魔王の対処はどうすべきかとフィリエルは本気で悩み続けた。

第三話【合宿地】

バーハルの街は王都から北に位置する場所にあり、王都と比べ夏でも涼しく、避暑地として人気の観光地だ。

他にも酪農が盛んで自然豊か、牛や鶏から取れるミルクや卵が新鮮な状態でたくさん手に入るということで、多くの菓子店が軒を連ねる激戦区ともなっている。

同様の店が多い分、どの店も生き残るために味や見た目を工夫し、王都では見ることのない変わった見た目のお菓子など、その種類は数え切れぬほどで、観光目的ではなく菓子店を回るためだけに遠くから来る者も少なくない。

ユイにとってまさに夢の国だ。

駅に着くと、合宿が行われる場所まで向かう馬車が用意されていた。

馬車と呼ばれ、形も同じだが、実際には馬の姿はない。

昔は馬が引いていたのだが、近年では魔具の開発により、馬に代わり御者が魔力によって動かせるものに変わってきたのだ。

多少値段はするが、馬よりも速く重い物を運べ、馬が疲れたり怪我をしたりする心配もなく、少量の魔力で動き、長時間の連続使用も可能であることから急速に普及している。

しかし、すべての馬車が魔力で動くわけではない。魔具を買うほどの金の余裕はない、魔力が少ないなどの理由で、半数は未だ馬によって引かれている。

その馬車に乗り込むため集合の号令がかかったが、ユイは聞こえていないのか、立ち並ぶお菓子の店に目が釘付けだ。

今にも駆け出して行きそうなユイの腕をイヴォが掴む。

しかし、掴まれたのはユイだけではなく、クロイスもまたライルに捕獲されていた。

その見た目に反して、ユイと同じで無類の甘いもの好きのクロイス。

「何をする！　離せライル」

「離してー」

「はいはい、また後でね」

「ユイも大人しくしてろ」

子供のようにに駄々をこねるユイとクロイスを引きずり、問答無用で馬車に放り込む。

「ああぁぁ、こんなに目の前にあるのにぃぃ」

「諦めろ」

馬車が発車し、通り過ぎていく店をユイはクロイスと共に名残惜しそうに眺めるしかなかった。

王都まで乗り換える必要もなく一本で結ばれているバーハルの駅。

その駅のある街の中心部は、人も建物も多く活気に満ちていたが、街の中心部を抜けしばらく移動すると、建物も人もまばらとなり、人よりも動物の声、人工の建物よりも自然が作った緑豊かでのどかな風景が広がっている。

駅を出た時の賑やかな街並みは跡形もなくなり、せめて一つぐらいお菓子が欲しかったとふてくされていたユイも、否が応でも諦めるしかなかった。

ユイは自分の鞄《かばん》を開け、そこから一冊の本を出すとおもむろに読み始める。

移動中の馬車の中ですることもなく暇を持て余していたライルは、興味を引かれユイの持っている本を覗き込んだ。

「ユイちゃん何を読んでるの～？　なになに……『これを見れば誰にも負けない！　一度は食べてみるべし！　バーハルの人気お菓子完全制覇攻略本』だって」

「なんだ、そのふざけた題名の本は」

「負けないって、誰と競うつもりなんだろね」

ライルが告げた題名に全員微妙な顔になる。

しかし、ただ一人クロイスだけは激しく興味を引かれたようだ。

「ユイ、俺にも見せろ」

「私が読み終わったらね」

「ちっ。仕方ない、早く読め」

舌打ちしながらも、ユイが読み終わるのを今か今かとじっと待つクロイス。

しかし待ちきれずに横から覗き見て、これがいいあれがいいとユイと一緒にお菓子談議に花を咲かせる。

「お前達は何しに来てるんだ」

イヴォの問いに、さも当然と言うように「バーハルのお菓子を食べに」とユイとクロイスの声がハモる。

その答えにイヴォが怒りを爆発させた。

「違う‼　合宿のためにだろうが！」

イヴォの答えは至極真っ当で、この合宿に将来を賭けている他の生徒達も、二人の答えを聞けばイヴォのように激怒するのは確実だろう。

しかし、ユイとクロイスは不満げだ。

駅でお店に入れなかった不満も相まって機嫌の悪さも頂点に達する。

「私は元々合宿じゃなくてバーハルのお菓子が目的だもん。それに合宿は来年もあるからいいじゃない！」

「そうだ！　来年の合宿はきっと別の場所になるから、今しか機会はないんだぞ！」

思わぬユイとクロイスの勢いある反撃に圧倒され、正しいことを言ったはずのイヴォは後ろに仰《の》け反ってしまう。

その横では「二人の食べ物への執念は凄いよね」とライルがしみじみと呟いていた。

「はいはい、三人ともそこまでだよ。目的地に着いたみたいだから」

文句を言っていたユイとクロイスはフィニーの言葉に動きを止め、全員が外に目を向ける。

何台もの馬車が連なる道の先には、目的地となる合宿が行われる建物が見えてきた。

それは木々に囲まれた森の中にぽつりとたたずむ要塞のような建物。

周囲には他に建物も人の姿もなく、まるで牢獄を思わせるような不気味な雰囲気を醸し出している。

気のせいかもしれないが、あの辺りだけ薄暗く澱《よど》んだ空気を感じる。

「……もしかして、あれが目的地？」

「あそこで二週間も暮らすの？」

「そうみたいだね」

「…………」

なんとも言えぬ空気が漂った。

これはあまりにも予想を大きく外れていた。

高級宿とはいかないまでも、一般的な宿を想像していた一同の期待は裏切られ、合宿に参加したのを激しく後悔した。

「嫌だー‼　帰してー！」

「私も帰る」

最初にライルが絶叫、続いてユイも馬車から降りようと暴れ出す。

「こら落ち着け！　暴れるな‼」

イヴォが慌てたようになだめるが、ライルもユイも止まらない。

「これが落ち着けるか！　絶対奴らが出る！　呪われる～！」

「あんなところで寝るなんて無理ー‼　帰るー！」

「おい！　クロも押さえるのを手伝え！」

「無理みたいだよ」

フィニーの言葉にイヴォがクロイスに視線を向けてみれば、ユイ達以上に恐怖に陥っていたようで、頭を抱えぶるぶると震えていた。

馬車の中は恐慌状態に陥っていたが、それはユイ達の馬車だけではなく、目的地に向かっている他の生徒が乗っている数台の馬車でも同じような騒ぎが繰り広げられ、いたる所から叫び声が聞こえていた。

そのほとんどは一年生や初めて合宿に参加した上級生が乗った馬車で、それ以外の何度か参加した経験のある生徒達は「またか……」と、まるで本当の囚人のように諦めの表情で静かに落ち込んでいた。


ユイ達が建物を囲む高い塀を抜けて敷地内に入った時には、暴れ過ぎでぐったりとしていた。

他にも同様の生徒が何人も馬車から降りてくる。

改めて間近で建物を見上げると、さらに不気味さが増したように感じる。

ここで二週間も過ごすことを考えたら憂鬱しかない。

正直、ここで夜一人で眠れる気がしない、誰かと同室でありますようにとユイは必死で祈った。

列車では広々と快適に過ごしていた分、反動が大きかった。

「よし、全員馬車から降りたな。では広間に向かうので全員遅れないようについてきなさい」

学園からは数人の教師が同行しており、主にラストール学園の生徒を取りまとめているのは生徒指導も務める悪人面のバーグ。

先頭を歩くバーグの後について、ぞろぞろと生徒達が移動を始める。

大きな扉を開け中に入っていくと、これまた雰囲気あり過ぎの薄暗い廊下が続いている。

今すぐ何かが出てきてもおかしくない空気の中、怯えながら無意味に辺りを見回しているのは一人や二人ではない。

ユイは同じように怯えているライルの腕にしがみつき、お互い恐怖に耐えながら進む。

この状況でも、フィニーは人のよさそうなにこやかな笑みを浮かべ、イヴォも怯えた様子もなく普通にしている。

中でも一番怖がりなクロイスは、誰よりも恐怖と戦っていた。

そしてようやく着いた広間に足を踏み入れた瞬間、ユイ達は恐怖など忘れ、呆気《あっけ》に取られた。

「あれっ、普通だね」

「うん、普通」

ここまでのおどろおどろしい暗い廊下とは打って変わって、明るく綺麗で拍子抜けするほど普通の広間が広がっていた。

「もう他の学園の生徒は来ているみたいだね」

「ほんとだ」

数百人は余裕で入りそうな広間を見渡せば他校の生徒がそろっていた。

どこの学園かは制服を見ればすぐに分かる。

東のダイン魔法学園は上下黒に赤いラインが入り、西のセレスト魔法学園は上は灰色で下は灰色と白のチェック。

ちなみにラストール学園は上下白の制服だ。

「ラストールの生徒はすぐに並びなさい」

教師に言われるままに整列すると、それぞれの学園の代表教師が前に並び、世話好きな性格とは裏腹に凶悪犯顔負けの迫力と顔を持つバーグが話を始める。

ラストールの生徒は免疫があるが、そうでない他校の生徒は直視できず怯える者がちらほら見受けられた。

「ラストール学園のバーグだ。まず、ほとんどの者が気になっていると思うこの施設について話す」

バーハルの街の近くとは聞かされていたが、例年どういう場所で合宿が行われるかまでは聞かされないため、初めて参加する生徒達は真剣に耳を傾ける。

聞きながら生徒達が願っていたのは、事件だとか惨劇だとかがあった曰《いわ》くつきの場所ではありませんようにということだった。

「この施設は本来軍の地方訓練で使われる場所で、特別な許可を得て借り受けている。まあ、なんだ、少々見た目はあれだが、訓練施設としては最高の設備を備えているので、学生の身分でお借りできたのは光栄なことだ」

なんでも、この施設を作る時、ただの訓練所では面白くないと言った者がおり、周りも止めるどころかノリノリで設計に当たった結果、このような惨劇の舞台になりそうな建物ができたらしい。

恐怖との戦いで精神的に強くなる、と新人研修でよく使われるようになったとか。

「各自の部屋は普通なので安心しなさい」

その言葉で、安堵の溜息がいたる所から聞こえる。

次に、若そうな見た目で、バーグとはまた違った威圧感のあるダインの男性教師が話し始める。

「この施設の周囲は魔の森となっているので、決して許可なく外には出ないように。何かあっても責任は取れないぞ」

魔の森は魔獣が多く棲む森の総称で、一般人はよっぽどのことがなければ近付かない危険な場所だ。

魔獣には二種類あり、その内の一つが、犬や牛だったり、森に棲む鳥や猪だったり、元々普通のはずの動物が突然変異により魔力を持ち、変化した生き物だ。

変異した動物は凶暴性を増して体格も大きく変化し、普通の動物とは明らかに違う生き物となってしまう。

突然変異の原因や何故魔の森に多く生息するかは、世界中の多くの国や研究者が調査しているが未だ分かっていない。

もう一種類は先天的に魔力を持った獣の形をした生き物や種族。

先天的な魔獣は、本能のままに動く凶暴な突然変異の魔獣と違い、性格が穏やかだったり、知能が高かったりし、その姿形も獣のようなものだけでなく様々なものがいる。

要塞の周囲の薄暗く澱んだ空気は気のせいでもなんでもなく、魔獣が要塞の中に入ってこないための結界があるせいらしい。

しかし、何故あのような結界にしたかは謎で、より雰囲気を出すためではないかと思われる。

その後もいくつかの注意事項を簡単に聞かされた後、紙を数枚渡され、詳細は紙に書かれた内容を読んでおくように言われ、最後にセレストの女性の教師の話となった。

「では各学年ごとに集まり、五人前後のグループを作ってください。同じ学年であれば他学園の生徒と組んでも構いません。そのグループとは合宿期間中ずっと行動を共にしますので、よく考えて決めるように」

その言葉と共に続々と生徒達が移動を開始した。

その移動途中からすでに戦いは始まっているようで、周囲では実力のある生徒の争奪戦が繰り広げられていた。

なにせこの合宿は軍、ギルド、教会などのお偉方が見に来る、将来の就職もかかった大切なものだ。

どの生徒も目に留まろうと必死で、より能力の高い生徒と一緒に行動し、合宿で優位に立ちたいと思うのは仕方がないことである。

そんなふうに目の色を変え、将来のために必死で行動する生徒達を横目に、ユイ達はかなり緩い。

「俺達ちょうど五人だしこれでいいよね？」

「うん」

「いいんじゃない？」

「ああ」

「別に構わん」

ライル、イヴォ、クロイスは大会上位者で誰もが認める実力者。次から次へと誘いの声がかけられるが躊躇《ちゅうちょ》なく断っていく。

断られた生徒達は必ず、一緒にいるユイに気付くと睨みつけて去っていく。

リーフェが合宿に参加しているのも、ライル達と一緒にいることも気に食わないのだろう。

ユイはいつものことなのでまったく気にしていなかったが、睨みつけられる度にユイではなくライル達の機嫌が悪くなっていく。

特にイヴォが顕著で、来る生徒を逆に睨みつけて追い返している。

「くそっ、むかつく」

「シメるか」

「賛成！　フィニー君、今の奴らの恥ずかしい情報ないの？」

「あるよ、どれがいい？」

そう言いながら内ポケットから謎の手帳を取り出したフィニーに、「本当にあった……」と冗談半分で言ったライルは顔を引きつらせた。

しかし、イヴォとクロイスはやる気満々で手帳の中身を確認していく。

「別にそこまで怒るほどのことじゃないのに」

「お前がそんなだから舐《な》められるんだぞ！」

イヴォが怒鳴ると、ライルも後に続く。

「そうだよ！　本当はユイちゃんが俺達の中で一番強いっていうのに、あいつら弱いと決めつけて。ユイちゃんは悔しくないの？」

「全然」

あっさりと即答するユイに、怒りに燃えていたイヴォとライルはがっくりとうなだれた。

小さい頃から言われ過ぎて、今さら怒る気もしないのだ。

普通小さい頃からこれだけ周りに落ちこぼれと言われ続ければ、劣等感の塊になりそうなものだが、リーフェなどというものが障害にならないほどユイは頭もよく才能があった。

なにより努力で得た豊富な知識と魔法の能力がユイに確固たる自信を与えていたので、周りに何を言われようと傷付かない。ただ少々うっとうしいと思うだけだった。

誘いに来る者達もようやく諦めた頃、二人の女子生徒が近付いてきた。

その二人を見た瞬間、ユイは誰にも分からないほどの変化だったが、嫌そうに眉をひそめた。

「こんにちは、皆様方」

最初に話しかけてきた女子生徒は、綺麗な顔立ちをした清楚な雰囲気で、それなりの教育を受けてきただろうと思われる優雅な立ち居振る舞いで挨拶する。

「こんにちは、シャーロット嬢。今日も変わらず麗《うるわ》しいですね」

女性にすこぶる甘いライルがすかさず挨拶に応えたが、普段女性に対する時に比べるとどこか冷たい印象を受ける。

つき従うようにして一歩後ろにいた気の強そうな女子生徒は、ライルの軽い口調が気に食わないのか睨みつけてくる。

最初に話しかけてきたのは、チェンバレイ侯爵の娘のシャーロット。

彼女と一緒にいるのは、昔からチェンバレイ家に仕えているエーメリー家の娘で、幼い頃からシャーロットに仕えているステラだ。

二人共一年のAクラスでライル、イヴォ、クロイスとはクラスメートである。

「相変わらずお上手ね」

微笑を浮かべ返すシャーロットは、その時初めてライルの近くにいたユイに気付くと、わずかに驚きの表情を浮かべた。

「あら、もしかしてユイさんじゃありません？　お久しぶりです、お元気でしたか？」

「……お久しぶりです」

いつも通りの無表情で対応すると、それが気に食わないとばかりにステラが声を荒らげた。

「あなた、相変わらず愛想も可愛げもないわね。わざわざチェンバレイ侯爵のご息女たるお嬢様からお声をかけていただいたんだから、もう少し嬉しそうにしたらどうなの！」

シャーロットとステラは気付いていなかったが、無表情でも多少ユイの感情の機微が分かる程度には仲のいいフィニー達は、ユイの機嫌が最高潮に悪いことに気付いた。

これはまずいとライルが慌てて口を挟む。

「あーっと、それでシャーロット嬢は何かご用でも？」

ライルの言葉で、用事を思い出したのか、ユイからライルに注意が逸れたのでほっと安堵したが、未だユイの機嫌は悪いまま。

シャーロットに近付けるべきでないと判断したイヴォとクロイスが目配せし、静かにユイを後ろに下がらせる。

侯爵令嬢相手に無礼があってはいけないというのも理由の一つだが、ユイが一度キレると後が大変だからというのが一番の理由だ。

「そうでした。よろしければ私達と組んでいただけないかと思ったのですが……」

シャーロットはユイ達を見回して、すでに五人いると分かったようで困ったように眉を下げている。

「お誘いいただいて光栄ですが、ご覧の通り五人そろっていますので、申し訳ありません」

「残念です」

シャーロットはすぐに引き下がろうとしたのだが、ステラは信じられないというような顔でライルに怒鳴りつける。

「あなた本気で言ってるの⁉　お嬢様の方からのお誘いを断るなんて、無礼にもほどがあるわ！　実力がある人ならいざ知らず、そんな無能の落ちこぼれであるリーフェ達なんて役に立たないでしょう？　足しか引っ張らないじゃない」

ステラはよくも悪くもシャーロットに忠実で、どこか崇拝している節すらある。

そのせいでよくこうして、シャーロットに関する些細なことにも過剰に反応し噛みつくのだ。

そしてそれがシャーロットの印象を悪くしていることにすら気付かない。

正直、側に仕える者としては失格と言えるだろう。

現に今も、女性には優しいはずのライルの目は、見たこともないほど冷ややかにステラを映している。

「ステラ、お願いしたのはこちらの方なのですから、その言い方は失礼よ。……ライルさん、ステラが申し訳ありません」

シャーロットはステラをたしなめると、ライル達に向かって謝罪をするが、それでもやはりライル達の見る目が厳しいことに変わりはない。

それに二人が気付いているかは甚《はなは》だ疑問だが、それをあえて言う必要もないので表面上は取り繕《つくろ》う。

「構いませんよ、こちらこそ侯爵令嬢からの誘いを断るなどという失礼をしてしまいましたから。しかし、侯爵令嬢と同じグループになるなど、爵位も持たない我々には分不相応ですので」

「そのように固くならないでください。学園の中では同じ学生なのですから」

「そう言っていただけて光栄です。……それより、そろそろグループを決めに行かれた方がよろしいのでは？　まあ、あなたの実力ならば引く手あまたでしょうから、大丈夫だとは思いますが」

「そうですね、それでは失礼いたします。ステラ、行きましょう」

「はい、お嬢様」

にこやかに挨拶をし、不満げなステラを伴って去っていくシャーロット。

実力はあるだけに、すぐに生徒に取り囲まれ、苦もなくグループが決まったようだった。

声が聞こえないほど二人が離れたのを確認すると、ライルは疲れきった深い深い溜息を吐き出した。

「面倒くさー！」

ライルの心からの叫びにイヴォとクロイスも同意を示し、たった一人で対応していたライルにいたわりの視線を投げかける。

「いつもあんな感じなの？」

「まあ、だいたいな」

フィニーの問いにクロイスが苦い顔をして答えた。

「あのお嬢様はまだいいんだが、側にいる忠犬がいちいち突っかかってくるから、やりづらくて仕方がない。侯爵の名を出されたら反論もできないしな」

「へぇ……。それにしても女の子大好きのライルがあんな対応するの初めて見たね」

ライルは、女性であれば心から楽しんで優しく接する。

けれど先程のライルは本当にただの社交辞令の、顔だけ笑って口先だけの会話をしていた。

いつものライルならば考えられない。

「さすがの俺でもあれは無理～。だってさっきの聞いてて分かるでしょ、いちいち無礼だの侯爵令嬢だの横からうるさいから、まともな会話にならないんだよね。初めて女の子と話して面倒くさいと思ったよ」

ライルはやれやれというように息を吐いてから、ユイに視線を向けた。

「そんなことより、ユイちゃん機嫌直してよ、ねっ。ほら、飴あげるから」

ライルはポケットから、ユイのご機嫌取りのために用意していた、可愛く個包装された飴を取り出しユイに渡す。

ユイはそれを無言で受け取り口に放り込んだ。

いつもは甘い物を食べれば機嫌が直るユイだが、今回は機嫌が悪いままだ。

「あの二人と知り合いみたいだったが、何かあったのか？」

「でもどこで知り合うの、ユイちゃんとはクラスも中等の学校も違うのにさ」

イヴォが問いかけ、それに対してライルが反論する。ユイは嫌そうにしながら口を開いた。

「……中等学校は違うけど、初等学校は一緒だったの。両親が離婚するまでは私も貴族やお金持ちの子が通う学校に行ってたから」

まだオブライン家で暮らしていた頃、ユイは一般の学校ではなく貴族が集まる学校に通っていた。

侯爵令嬢であるシャーロットと、彼女に仕えるステラもその学校に通っていたのだ。

年齢が同じなため、毎年あったクラス替えで、クラスが一緒になることもしばしばあった。

ユイにとって初等学校時代は、嫌な思い出がたくさん詰まった日々で振り返りたくもない記憶が多い。今も当時を思い出すだけで、ムカムカと苛立《いらだ》ちが湧いてくるほどだ。

その原因となった人物がシャーロットとステラの二人。

彼女達のせいで、ユイが大変な目に遭ったのは一度や二度ではなかった。

「何かあったの？」

自然と険しい顔になっていたユイに、おそるおそるライルが問いかける。

相手が侯爵令嬢という身分故、下手に文句を口にして本人に告げ口されるとまずいと、今まで誰にも話さなかったが、ライル達ならば問題ないだろう。溜め込んできた不満をようやく発散できると思い説明しようとした。

しかし、ユイが話し始める前に、何故かフィニーが先に口を開いたのである。

「なんかね、ユイがいじめにあった時に、彼女が正義感振りかざして教師に告げ口したせいでいじめが悪化しちゃったらしいんだよね。仕方なくユイがいじめっ子達を撃退したのに、何も知らない彼女はいじめがなくなったのは自分のおかげって思い込んで、ユイに自分がいるからもう大丈夫よ、的なことを言ったんだって。その後も見当違いな善意の押し売りされて、ユイは迷惑被ってたみたいだよ」

「えー」

「なんだそれ」

「だからユイの機嫌が悪いのか」

フィニーの略しに略した話を聞き終わると、皆憐れんだ目をユイに向けた。

貴族の初等学校に通っていた時、周りの生徒達はリーフェであるユイを蔑《さげす》んでいた。

国に仕える貴族の家に生まれる者は、強い魔力を持つ者がほとんどだ。

魔力が強いから爵位を持ち得たのか、魔力の強い者同士で政略結婚を繰り返した結果、強い子供が生まれるようになったのかは定かでないが、爵位が上になるほど魔力が強いと言われている。

それが常識と子供の内から刷り込まれている中、伯爵の家に生まれながらリーフェであるユイは異質な存在だったのだろう。

ユイが気付いた時には無視や陰口といったいじめは日常のようになっていた。

まだ初等学校に通う子供。

普通なら親に泣きついたり、学校に通わなくなったり、悲しみに明け暮れたりしそうなところだが、強がりでもなんでもなくユイはまったくなんとも思っていなかった。

無視と陰口だけだったというのもある。

無視をされていても、休み時間は常に読書をしていたユイは、ゆっくり本が読めて、わざわざ貴族の腹のさぐり合いのような人付き合いに気を使う必要はないと、むしろその状況を喜んで受け入れていた。

そして本に集中していれば周りの声は全然入ってこないので、陰口もユイの前では意味をなさなかった。

いじめを受けているという認識はあったが、この頃は快適に学校生活を送っていたのだ。

しかし、傍目《はため》にそんな状況を見ていたシャーロットは、いじめは駄目だと生徒達に抗議した。

最初は侯爵令嬢の言葉に従っていた生徒達だが、それは表面上のことで、シャーロットは自分がいない時には相変わらずだと知ると、ユイの許に来て一緒に先生に相談しに行こうと言い出したのだ。

普通に考えれば正義感溢れる行動だが、はっきり言ってこの状況を喜んでいるユイにとってはとてつもなく大きなお世話だった。

ユイは当然拒否し、いかに自分が望んだ状況にいるか、どれだけ快適に過ごしているかを伝え、そして教師に言えばいじめが酷くなるかもしれないからやめてくれと訴えた。

のんびりした日常生活が壊されるかもしれないのだから、ユイも必死だ。

しかし、シャーロットはユイの話を理解しようとせず、ユイの制止を無視して教師に告発。

案の定、ユイが告げ口したといじめが悪化。

被害のない無視や陰口だけだったものが、物が紛失したり、攻撃を受けるようになったりと実害が現れ始めた。

それからはゆっくりと本を読む暇がなくなってしまい、大事な本が何者かによって隠されたのをきっかけに、ユイは仕方なくいじめっ子を片っ端から片付けることにしたのである。

そう、最初からユイにはいじめを止めさせようと思えば止めさせられたのだ。

ただ面倒くさいから。そんな時間があるなら読書に使いたいと、放置していただけのこと。

だというのにシャーロットが介入したおかげで、読書の時間を潰してまでわざわざ動かざるをえなくなった。

けれど、それぐらいならば許容範囲内だ。

シャーロットもユイを助けようという善意から行動しているのだと、ユイは良い方に考えようとした。たとえシャーロットの行動によっていじめが悪化した事実があったとしても。

問題はその後。

シャーロットは自分の言動がいじめの悪化に繋がったことなど一切気付かず、ユイがいじめっ子をシメたことでいじめがなくなったのを、自分が積極的に動いたおかげだと勘違いしたのだ。

褒めてと言わんばかりに満足な顔で「何かあったらまた私に相談してね」と言われた時には、ユイは初めて言葉も出せず呆然とするという体験をした。

その上、呆然として言葉も出ないユイに、助けていただいてお礼はないのかと散々ステラに怒鳴り散らされるというオマケ付き。

むしろいじめを悪化させたのだから謝ってほしいくらいなのだが、シャーロットのことに関すると盲目になるステラは、まるでユイが悪者のように責め続けた。

そしてその後も似たような状況が何度もあった。

シャーロット自身はいいことをしたと思っているだろうが、それはたいがい自己を満足させるための独り善《よ》がりな正義で、そこにユイの意思はなく、逆に事態が悪化するという迷惑を被っていた。

一度や二度ならばいいが、何度もとなると、さすがにあまり怒らないユイにも限度というものがある。

その度にステラから見当違いな言いがかりをつけられればなおさらだ。

シャーロットは性格も人当たりもよく周囲からそれなりに好かれているが、一部からは極端に嫌われていたりする。

それはユイのように偽善を押しつけられ迷惑を被った者達だが、本人はまったく気付いていないのだからどうしようもない。

自分の常識の中でしか物事を考えられず、人には人の常識があると分からない。……いや、分かろうとしない。

よくも悪くも箱入りのお嬢様。それがシャーロットへのユイの評価だ。

ただ、常に自分を正しいと過剰に持ち上げるステラが側にいればそうなってしまうのも仕方がないのかとも思う。

……と、そこまではいい、そこまでは。

彼女はAクラスで、今回のような不測の事態でも起きない限り会うことはないのだから。

ただ、大きな問題が一つある。

いや、今発覚した。

「……ねえ、フィニー？　いいかげん私達よく話し合った方がいいと思わない？」

「え、やだなぁ、改まっちゃって。もしかして愛の告白？　残念だけどユイとはいつまでもいい友達でいたいんだ」

「そうね、私もフィニーとはずっと友達でいたいんだけどね……」

「じゃあ僕達相思相愛だね、あははは。……あれ、どうしたのそんな怖い顔して、可愛い顔が台なし——」

ユイはフィニーが言葉を言い終わる前に襟元を掴み、目をつり上げた怖い顔で、怒りを押し殺したような低い声を出しながら詰め寄る。

「ねえ、フィニー。どうして私の初等学校時代の話を知ってるの？　彼女の話は兄様達にもしていないのに、どこから私の情報を仕入れてきたのよ⁉　吐け！　吐きなさい！」

前から疑問に思うことは多々あった。

たとえば以前に上級生に呼び出されたことや、その後のユイの行動などを知っていたり。その時もフィニーはいなかったはずだ。

今まではあえて追及はしなかったが、中等学校で知り合ったフィニーが知り得ないことを、まるで見ていたように詳しく知っているとあっては放置できない。

一体どうやって情報を手に入れているのか今日こそ吐かせてやる！　と、ユイは渾身の力を込めてフィニーの体を揺さぶる。

「そんなあっさり情報源を話すわけないじゃないか」

フィニーはそう言いながら満面の笑みを浮かべるだけで何も話そうとしなかった。


結局その後、頬をつねったりくすぐったりしてみたがフィニーは何も喋らず、集合の声が聞こえたので気が削《そ》がれてしまい、ただただユイが疲れただけだった。

そのまま別室に移動し夕食を食べた後、各グループに二週間の間、泊まる部屋の鍵が渡された。

ユイを始めとした男女混合のグループの女子生徒からは、同じ部屋であることに難色を示す者が当然いたが、同じ部屋といっても中にはさらに各自の個室があり、鍵もかけられるというので納得していた。

「……とは言っても同じ部屋であることには変わりないのに、ずいぶんすんなり納得してたよね」

部屋への移動中、ユイは軽く疑問に思ったことを口にした。

同じグループになったといっても、初めて会う他校の生徒と組んでいる者もいた。

一応お年頃の少年少女。

特に貴族の女性は警戒心が高そうだと思うのだが。

「そりゃ、将来もかかったこの合宿で悪さする馬鹿はいないと思うからでしょ。もし何かあって問題になったら将来が水の泡だからね」

「なるほど」

「それにこの合宿中にはグループ同士での対戦もあるから、誰にも聞かれない場所で安心して作戦会議ができるってのは大きいよ。その辺で話して作戦を聞かれたらどうしようもないからね」

「後、学年の違うグループとも同部屋だと言っていたからな。すぐに助けが呼べる状況で自身の不利になるような悪さはしないだろ」

「ふーん」

自分で言い出しておきながらユイからはまったく関心がなさそうな相槌が返ってくる。

そんなどうでもいいことを話し込んでいる内に、ユイ達の部屋の前に到着。

鍵を開け、次に扉を開けようとする一同に緊張が走る。

部屋は普通と聞かされたが、ここまで来る道は相変わらずの恐怖を感じさせる造りで、誰も「中は普通」というバーグの言葉を信用していなかった。

「あ、開けるよ?」

誰かの息をのむ音を聞きながら、勢いよくライルが扉を開けた。

開けた瞬間、全員が感じたのは安堵。

部屋は普通の白い壁紙にいくつかの家具が置かれた普通の内装で、入ってすぐの大きめの部屋にそれぞれの個室に繋がる扉があった。

念のため各自の部屋も覗いてみるが、いたって普通だった。

たとえるならシェアハウスのような造りだ。

ユイ達が胸をなで下ろした時、同室のグループの人が入って来て、ユイ達は動きを止めた。

「兄様？」

「おう」

「兄様達が同室の人？」

「そうだよ」

駆け寄るユイをカルロが軽く抱き上げ、ユイは兄と同室であることを喜んだが、列車でのカルロの鬼のような牽制《けんせい》が尾を引いていた男達は心からは喜べなかった。

「わあ、すごい偶然」

無邪気に喜ぶユイに「そうだね」と優しい笑顔を向けるセシルだが、その真実をユイは知らない。

男達と同室は心配だと、過保護を発揮したセシルはファンクラブの人間を使い、ユイと同室のグループの者を探し出し、圧力をかけてほぼ強制的に鍵を交換。そして何食わぬ顔でここにいるのだ。

「そういえば他のグループの人は？」

兄達以外に人の姿が見えないのを不思議に思ったユイが問う。

「俺達の他はフィリエルとルカとジークだよ」

「えっ！　殿下もこちらの部屋にいらっしゃるのですか⁉」

頬を紅潮させ興奮するライル。

他もライルのようにあからさまではないが、そわそわと落ち着きがない。

相手が同じ学生とはいえ、至高の存在たる王族なのだからライル達の反応も致し方ないのだろう。

「いや、残念ながらフィリエルと後の二人は別室だよ、警護の問題があるからね」

目に見えて残念がる一同だったが、ユイだけは違った。

フィリエルの名が出た瞬間、わずかにユイの体に緊張が走り、別の部屋と聞くと緊張が解かれたのを、抱き上げていたカルロだけは感じ取り苦笑を浮かべる。

しばらくは談話室となる場所で談笑しながら過去の合宿の内容などについてセシルとカルロが話をし、ユイ以外はこんな機会はなかなかないと喜びながら真剣に話を聞いていた。

「さて、明日も早いしそろそろ休もうか」

「ユイ、久しぶりに一緒に寝るか?」

「うん」

「よし、折角だからセシルのベッドも移動させて三人で寝ようぜ」

カルロの提案で、全員でベッドの大移動が始まった。

ベッドを運ぶのをただ見ていたユイは悪戯心が働き、運ぶベッドの上に飛び乗り、バランスを崩したイヴォに怒鳴られたりと大騒ぎ。

そのせいでバーグが駆け付け、凶悪顔をさらに怖くさせながら怒られてしまった。

「疲れたー」

大騒ぎした後にこってりバーグにお説教をされ、心身共に疲れ切って各々部屋へ休みに行き、ユイも移動させたベッドの上に倒れ込む。

「いくら慣れているとはいえ、あの凶悪顔で怒られるとさすがに怖いよな」

カルロもユイの横に寝っ転がりながらそんなことを話す。

「夢に出そう……」

「なのに奥さんむちゃくちゃ可愛いんだぞ。あの凶悪顔で脅したんじゃないかって噂が出たけど、実際は奥さんの方が先に好きになったんだってさ」

カルロの話にクスクスと笑って、セシルはユイを挟むようにカルロとは反対側に座り足を伸ばした。

「学園七不思議の一つだよ」

性格としては確かにバーグはいい人の分類に入るだろう。

だがしかし、笑えば何故か凶悪さを増し、街を歩けば自然と周りから距離を空けられ、高確率で職務質問される。

そんな相手と結婚は絶対無理だなと、ユイはかなり失礼なことを思った。

「ユイ、魔具が反応しているよ」

少しうとうとと眠気を感じていた時セシルにそう言われ、寝るために外していた通信用魔具を見ると、魔具がわずかに振動し淡い光を発していた。

「こんな時間に誰だろ」

合宿に出かける時、たった二週間だというのに今生《こんじょう》の別れのように泣きながら見送られた光景がよぎり、おそらくレイスだろうなと思いながら魔具を起動させる。

『おお、ユイか？』

「……テオ爺様？」

「テオ爺？」

予想と違う相手の名にセシルとカルロも反応しユイを窺《うかが》う。

ユイは二人にも声が聞こえるようにし、ベッドの中心に魔具を置いた。

「いつの間にユイと連絡取るようになってたの、テオ爺」

「父さんが聞いたら怒るぞ」

『おお、お前達も一緒か。すでにユイが魔具を買った翌日に、悔しがるあやつの前で楽しくお喋り済みじゃ』

さも楽しいと言わんばかりのテオドールの高笑いが部屋に響く。

顔は見えなくともその声で、今どんな顔をしているかはたやすく想像できた。

「それよりテオ爺様、連絡してきたのはあの件？」

『そうじゃよ、例の件はきちんと手配しておいたから、報告しておこうかと思ってのう。近衛の者には伝えておいたから、その日になったら話をするといいぞ』

「うん、ありがとう、テオ爺様」

例の件という言葉で話を進めるユイとテオドールに、セシルとカルロは首をかしげお互いに知っているかと視線を合わせるが、共に何も分からない。

「例の件？」

「どういうこと、ユイ？」

「この前パパに誕生日のお願いしたって言ってたでしょう？　その協力をテオ爺様に頼んだの。ちょうど王宮での一件のお礼をくれるって言うから。後は内緒」

ユイはそれ以上教えるつもりはないようだ。

『その日になってからのお楽しみということじゃな。ふぉふぉふぉ』

「すごく気になるんだけど」

「父さんだけでなく、テオ爺も協力してるって、何する気なんだ？」

頼んだのがユイなので、さほど難しい要求はしていないだろうが、魔王と恐れられる大国の宰相と未だ影響力劣らぬ先王。

この二人の力を合わせれば相当な無理難題も解決できるだろうからすごく恐ろしい。

しかし、真に恐ろしいのは、なんの駆け引きもなくただの『お願い』で二人を動かしてしまうユイかもしれない。

『それはそうと、お前達は今バーハルの軍の訓練所に来ておるのじゃろう？　どうじゃ、楽しんでおるか？　そこはわしが在位中に作った建物でな、普通の訓練所では面白くないからといろいろ工夫をこらした力作なんじゃよ。名付けて悪夢の要塞！　当時の側近達もノリノリでの、皆普段の議会では見せない白熱した議論をしておったのう』

………。

まさかの惨劇の舞台を作った犯人が判明した。

いったい何をやっているのかとツッコミを入れたくなる。

しかも王だけでなく、それを止めるはずの側近までやる気満々とは、どういう状況だったのか。

「なんてツッコみどころ満載な。国の上層部がそれで、よく国が機能してたよ」

「テオ爺が諸悪の根源かよ！」

『諸悪の根源とはなんじゃ、失礼な。純粋な遊び心じゃ！』

「その遊び心のせいで他の生徒達だけじゃなく、ユイもすげぇ怖がってんぞ」

『なんじゃと！　喜ぶと思ったのに……。そんなに嫌じゃったか、ユイ？』

「もう二度と来たくない」

バッサリと切り捨てる。

本気で喜んでいると思っていたのだろうが、この要塞を喜ぶのは悪霊と犯罪者ぐらいのものだ。

テオドールの声はとたんに落ち込んだように暗くなった。

『そんなに不評か……。当時の側近達の間では好評だったのじゃが……。それなら東部にあるスルベルの魔境の砦や、南部にあるカグッセンの灼熱地獄の塔や、西部にあるエルシーのからくり仕掛けの屋敷とかの方がよかったかのう』

「他にもあるのか！」

どういう場所かは分からないが、来年の合宿場所にはなりませんようにと切に願う。いや、そもそも二度と合宿には参加したくないとユイは激しく思った。

「どうして普通の訓練所にしないの！」

「後のこと考えて作れよ！」

学園を卒業したら軍に入る予定のセシルとカルロには切実な問題だったので口調もきつくなる。

軍の訓練所となれば後々確実に利用するだろうからだ。

『まあ、若気のいたりじゃ。何せ百年以上前のことじゃしのう』

「若気のいたりで済ませんなよ」

この世界での平均寿命は八十歳前後だが、魔力の強い者はその影響を受けて寿命も長くなる。

魔力の強い者が多い王族、貴族の寿命は二百歳前後。

これもあくまでおよそであり、魔力が強ければそれだけ長く生きる。

王族の中でも魔力の強いテオドールは二百五十歳以上は生きるだろうと、医師からもお墨付きをもらっている。

テオドールの現在の年齢は百八十三歳で、寿命から考えるとまだまだ現役といえ、それ故に退位の時には早過ぎると反対する者が多くいたのだ。

『まあ、施設の機能は確かじゃから大丈夫じゃ。それと庭園は自信作で、ユイが好きそうな所じゃから行ってみる価値はあるぞ』

「うん、分かった。行ってみる。ありがとうテオ爺様、いろいろと」

『なあに、あれぐらいのお願いなら軽いものじゃ。ではな、またゆっくり話そう』

それぞれおやすみと言葉をかけ、通信を切る。

そうして合宿初日はなんとか終了した。

第四話【合宿二日目】

合宿二日目。

生徒達は施設内にある魔法使用も可能なように結界が張られたホールに集まり、特別授業を受けていた。

誰もが実績を残そうと必死で頑張る中、バーハルでのお菓子だけが目的という不純な動機で参加したユイはまったくやる気がなく、早速授業をサボり施設内を探検していた。

最初は不気味で怖がっていたこの要塞だったが、テオドールが遊びで作ったと聞かされてからは、単純ながらあまり怖さを感じなくなっていた。

まあ、不気味であることに変わりはないが。

サボっているのが見つかれば強制的に連れ戻されるので、まるでかくれんぼのように時々見かける教師から隠れながら探検している。

教師もまさか、選抜されるだけでも難しいこの合宿で、サボる生徒などいると思っていないのだろう。余り周囲に気を配っていないために物陰に隠れればやり過ごすのは比較的難しくなかった。

そうしてユイが向かったのは、昨夜テオドールが言っていた庭園。

ここは、優秀な庭師による手入れが行き届いた王宮の洗練された庭園とは違い、自然そのままのような庭だ。

かと言って放置されているわけではなく、バランスよく草花が生えているので、定期的に手入れはされているのが分かる。

生えているのは華やかな大輪ではなく、どこでもよく見かける、どちらかというと控えめな可愛らしい花々だ。

歩いていると、どこかピクニックに来ているような楽しさがあり、テオドールの言った通りユイ好みの庭園だった。

植えられている草花には背の高いものもあり、身を隠すにも最適で、万が一授業に出ていないユイに気付き誰かが探しに来ても上手く逃げられそうだ。

ただ、昼間はいいが、夜は要塞の雰囲気と相まってかなり不気味になりそうなので、暗くなる前には帰ろうと心に決め、庭園を散策する。

しばらく歩き回り、だいぶ奥まで入り込んで行くと大きな木を発見した。

そこには木陰ができていて、休憩するのにちょうどよさそうだと木に近付いて行ったが、すでに先客がおり、ユイはその先客を目にすると体を硬直させた。

「……エル」

「ユイ？　なんだ、ユイもサボリか？」

ユイに気付いたフィリエルは目を細めクスリと笑いかける。

その様子はいつもと変わらないフィリエルだった。

しかし、ユイは上手く反応を返せない。

フィリエルと話をするのは、あの告白を断った夜以来、これが初めて。

まったく心の準備をしていなかったユイは、どんな顔でどんな態度を取っていいのか分からず、しどろもどろになりながら必死で言葉を紡ぐ。

「あ……えっと、そう。サボリ。エルもそう？　あの、じゃあ……邪魔しちゃ悪いから私行くね」

ここはさっさと退散するのが良策だと、言いたいことだけ言って踵《きびす》を返そうとしたが、そのユイの態度を非難するような声で名を呼ばれては足を止めざるを得なかった。

「ユイ」

「な、何？」

いたたまれなさそうにしているユイに、フィリエルは一つ溜息を吐く。

「気まずいのは分かるが、頼むからユイは避けるようなことをしないでくれ。……寂しいだろ」

眉尻を下げ悲しそうな表情を浮かべるフィリエル。

幼い頃から魔力の強さのせいで他人に避けられて過ごしてきたフィリエルは、いつか親しい人から避けられ自分から離れていかれるのではないかということを必要以上に恐れている。

それをユイは知っていたのに、いくら動揺していたとはいえ、そこまで考えがいたらなかったと深く反省した。

「ごめんなさい、ちょっと動揺しちゃって……」

「ああ、分かってる。それより、そこは暑いだろ、こっちに来て座らないか？」

「うん……」

正直まだ心の準備はできていなかったが、これ以上フィリエルに悲しい顔をさせたくなかったユイは、ゆっくりと近付きフィリエルの隣に腰を下ろそうとした。

しかしその時、フィリエルに腕を引かれ、隣に座るつもりがフィリエルの足の間に、後ろから抱き締められるような形で座ってしまう。

このフィリエルの行動にユイは激しく動揺する。

「エ、エ、エル！」

「なんだ？」

「なんだじゃなくて！　どうしてこんな……。離して！」

わたわたと慌てるユイにフィリエルはただ笑みを浮かべるばかり。

一向に離さないフィリエルに、暴れて無理矢理抜け出そうとするユイだったが、目の前に現れたフィリエルの手のひらに乗った箱にその動きを止めた。

「何これ？」

「開けてみるといい」

不思議に思いながら、綺麗な紙で包装されリボンまで結ばれたその箱を開けると、ユイは驚いた。

中に入っていたのはライターだった。

しかもこれは、ランゲルト商会の店でユイが泣く泣く買うのを諦めた、エルフィーの花が刻まれたあのライターだった。

「どうしたの、これ⁉」

「プレゼントだ」

「プレゼント？」

「明日はユイの誕生日だろ？」

「あっ」

すっかり忘れていたユイは、フィリエルの言葉でようやく思い出した。明日はユイの十六歳の誕生日だ。

「忘れてたのか？　本当は当日渡したかったが、明日渡せる機会があるか分からないからな」

何故欲しかったこのライターをフィリエルがプレゼントとして用意したのか、疑問が頭をよぎったが、すぐに兄の顔が浮かび納得した。

ユイの予想通りカルロがフィリエルにユイがライターを欲しがっていたと話をしていたのだ。

思わぬライターとの再会に、嬉しさがこみ上げてくるユイだったが、ライターの値段を思い出し

意気消沈した。

「でも、こんな高価な物もらえないよ」

「そんなこと気にしなくていい。これは誕生日だけでなく王宮でのお礼も兼ねているんだ。ユイがしてくれたことを思えば安いものだ」

「ううう、でも……」

欲しいか欲しくないかと聞かれたら、ものすごく欲しいが、王宮でのことはあくまで自分が勝手にしたことなので、本当にもらっていいのだろうかとユイは躊躇してしまう。

「そうか。欲しくないなら仕方がないな。俺は使わないからその辺に捨てるか」

そう言うとユイの手からライターを取り、本当に草むらに放り投げようとしたフィリエルに、ユイはぎょっとした。

「わあー！　いる、いります‼」

そう叫びながらフィリエルの手から無事奪還した。

「最初からそう言えばいいんだ」

意地の悪いフィリエルに非難の目を一瞬向け、ユイは改めて手の中のライターをいろいろな角度から眺める。

それは、間違いなくユイが欲しいと思いながらも諦めたライターで、大事そうに指で表面のエルフィーの花を撫でると、じわじわと喜びが込み上げてきた。

「エル、ありがとう」

ユイは本当に嬉しそうに笑みを浮かべながらフィリエルに顔を向けお礼を言う。

これほどユイが感情を表に出すのは、親しい者の中でも本当に限られていて、友人であるルエル達でも今のように笑うユイを見れば驚いただろう。

そんなユイの笑顔を一身に受けるフィリエルもまた、他の誰にも見せない、とろけるような柔らかい笑みでユイを見つめていた。

フィリエルはユイの頬に手を添えると、こめかみに軽い口付けを落とす。

そのフィリエルの行動に、それまで笑顔だったユイは硬直。

次いで、頬を紅潮させ抗議の声を上げた。

「何するの⁉」

「何ってキスだ」

「そういうんじゃなくて、どうしてそんなことするの！」

「ユイが可愛いと思ったから、好きだからしたんだ。前はいいところをカーティス宰相に邪魔されたしな」

今にも舌打ちしそうな顔でそう言ってから、ユイの顔を窺う。

「まさか告白したのを忘れたとは言わないよな？」

フィリエルのその言葉にユイはさらに顔を紅潮させる。

これまでのへたれっぷりが嘘のような積極性だ。

それ故、今までと違う接し方をしてくるフィリエルに、ユイは戸惑うばかりだ。

「……だって私ちゃんと断ったたし、エルも分かったたって言ったたじゃない」

「俺は分かったと言ったただけだ、諦めるとは一言も言ってない」

そんなの詐欺《さぎ》の手口だと思ったが、ユイは上手く言葉が出ず、口を開いたり閉じたりしている。

「無理と言われて、はいそうですかと簡単に納得するわけがないだろ。ユイがはいと言うまで俺は粘るぞ」

「そんなこと言われても私には無理だよ……」

「結婚相手が俺じゃあ不服か？」

真剣な眼差しを向けるフィリエルに、ユイは気まずさと恥ずかしさから視線を逸らす。

「……そういうわけじゃないけど。でも……」

ユイが浮かべたのは、表情を消した人形のような顔。

しかし、フィリエルは気が付いていた。

その瞳の奥に映るのは深い悲しみと恐怖。

その理由もフィリエルは知っている。

ユイが表情を消しているのは、感情を殺すことで悲しみに飲み込まれないようにしているから。

その理由が分かるフィリエルには、ユイのその姿は拒絶ではなく、助けを求めているように見えた。

それに、ユイは気付いていないだろう。

フィリエルを受け入れられないと言うくせに、決してフィリエル自身が嫌だとは一言も言っていないと。

ユイの様子に、これ以上無理をしてフィリエルに心を閉ざしてしまっては大変だと追及を止める。

フィリエルはユイを困らせたいわけでも苦しませたいわけでもなく、そもそも嫌われては元も子もないのだ。

「なあユイ。王宮に来た時にお祖父様《じい》が用意したお菓子はどうだった？」

突然変わったフィリエルの話に、ユイの表情も戻り、きょとんとした顔のまま答える。

「お菓子？　すごく美味しかったよ。あれなら毎日でも食べたいぐらい」

そのユイの言葉に、フィリエルは口角を上げ不敵な笑みを浮かべる。

「俺と結婚すれば王宮の最高級のお菓子が毎日食べ放題だぞ」

「お菓子が食べ放題……」

ユイの心がぐらっと激しく揺れ動いた。

ユイは今までで一番いい反応をした。

お菓子に負けたと心の中で涙しながらも、ようやく訪れた好機を逃すものかと言わんばかりにフィリエルは一気に畳みかける。

「そうだ、国内で最も腕のいい菓子職人が、その技術を存分に使ったお菓子の数々！　ユイが王宮に来た時食べたあれが毎日食べ放題だ。その上、時折国外の使者が持ってくる、その国の特産物や一般では流通していないような貴重な果物を使って、お菓子を作らせたりもできるぞ！」

どうだ！　と言わんばかりのフィリエルの話は、甘い物好きのユイにとっては聞き逃せないものだった。

思わず、結婚してもいいかもしれない……と前のめりになって聞き入るユイに好感触を覚えたフィリエルが、さらに畳みかけようと口を開こうとした時、フィリエルを遮る声が辺りに響いた。

「はーい、そこまで‼」

静かな庭園に突然現れ、後もう一押しという好機をぶち壊した邪魔者を、フィリエルは鋭く睨みつける。

「おい、どういうつもりだ、カルロ」

「どういうつもりも何もないだろうが！　何お菓子で人の妹を誘惑してるんだ！」

「後もう一息だったんだぞ」

「だから、お菓子で釣るなよ」

その悲しみを含んだ強い訴えと落ち込み具合に、カルロも呆れてしまう。

「ようやくユイが乗り気になったんだ。この際、方法などなんでもいい！」

言い合うフィリエルとカルロの横でセシルがユイに向かって手招きをすると、ユイはフィリエルから離れ、手を広げて受け入れる体勢を取るセシルに抱きついた。

「はい、お姫様奪還」

「あっ、こら、ユイ」

腕の中からすり抜けた温もりに気付き、フィリエルは咎《とが》めるような声を発するが、兄の登場で我に返ったユイは警戒するような視線をフィリエルに向ける。

「くっ、もう少しだったのに……。大体、どうしてお前達がここにいるんだ！」

「お昼休憩だよ。ルカとジークがフィリエルがいないって探し回ってたから一緒に探してたんだ。そしたら、物で釣って誘拐しようとする犯罪者みたいに、人の妹をたぶらかしてるのがいたから止めたんだよ」

「人聞きの悪いことを言うな。れっきとした交渉だろ」

「父さんにチクるよ」

「ぐっ！」

好機を邪魔され不満げなフィリエルも、レイスの名を出されては黙るほかなかった。

「ユイもお昼ご飯だから戻りな。さっき友達が探してたよ」

「うん、分かった」

怒るイヴォの顔が頭をよぎり、先ほどまでのフィリエルとのやり取りはどこかへ飛んでいくと、ユイは急ぎ建物に向かう。

走っていくユイに向かって、カルロが言葉を投げかける。

「途中でお菓子あげるからって、誰かについていったら駄目だぞ」

「そんな小さな子供じゃないんだから大丈夫だよ」

子供扱いされてむくれるユイだが、今まさにお菓子に目が眩《くら》んでいた人間が大丈夫と言ったところでまったく説得力はなかった。

ユイがいなくなったその場で、フィリエルは小さく息を吐いた。

そんなフィリエルの様子に、セシルとカルロは苦笑を浮かべる。

「その様子だと、あまり状況は芳しくないみたいだね」

「ああ、かなり手強い」

元々簡単にいくとは思っていなかったフィリエルだったが、思った以上の鉄壁の守りに頭を抱えた。

「……ユイは頭が良いからな。今後起こり得る可能性を理解している。迷惑をかけたくないってのもあるんだろ」

フィリエルは「分かってるさ」とセシルの言葉に理解を見せる。その表情はどこか痛みを含んでいて、思わずカルロが口を挟む。

「でも、それは解決できるさ。一番の問題はユイの心だ。フィリエルと結婚するとなると嫌でも向き合わないといけなくなるから」

フィリエルはこくりと頷く。

「ああ。でもそれは、ユイのこれまでを考えると、かなり酷なことを言っているんだろうな」

その場に沈黙が落ち、三人は沈痛な面持《おもも》ちを浮かべる。

三人が考えていることは同じ。

できるならば、このまま心穏やかに暮らしていってほしいと。

しかし……。

「だが、ユイの今後のためには必要なことだ」

「そうだね、今はまだいい。だけど、ユイが望まなくとも、いずれ周りがユイを放ってはおかなくなる。その時が来たら父さんの力だけでは足りない。でも王族の伴侶なら、国がユイを守れる」

妹至上主義のセシルとカルロが、ここまでユイがフィリエルと付き合うことに前向きなのは、フィリエルと仲がいいからというだけが理由ではない。

たとえフィリエルが相手だろうと、こんなに早く妹を他の男に取られるのは正直腹立たしくて仕方がないのだ。

なのに、それでもフィリエルを応援するのは、ユイのためにそれが必要だと判断したから。

「だから、学園卒業までの一年半で決着つけろよ、フィリエル。卒業して軍に入ったら中々会う時間も取れなくなるからな。その間に誰かに横からさらわれたら目も当てられないぞ」

「うっ……。一年半か。まったく自信がない……」

やはりお菓子で釣るか。今度は王宮の菓子職人も連れて誘惑すれば……などとフィリエルはぶつぶつ呟く。

「おいおい、しっかりしろよ」

自信なさげなフィリエルに、カルロは本当にこんなへたれで大丈夫かと心配になった。

「大丈夫だよ、きっと……」

カルロと違い、大丈夫だと確信したように話すセシルが思い出していたのは、四年前にフィリエルが継承位争いの余波でユイに会いに行けなくなった時のこと。

いつになっても会いに来ないフィリエルに、ユイの落ち込みようは酷いもので、それはセシルとカルロですら声をかけるのを躊躇うほどだった。

普段から乏しいユイの表情がさらに乏くなり、家族には見せていた笑顔もほとんど見せなくなってしまい、口数だけでなく食事に睡眠の量も減った。

母のシェリナは離婚で環境が変わったことによる影響だと勘違いしていたが、明らかにフィリエルが原因だろうとセシルとカルロには分かっていた。

予想外のユイの変化に、何度も真実を話そうと思ったが、フィリエルが心配する理由も分かる上、本人が望まない以上、勝手な判断で話してしまうわけにもいかなかった。

そんな日々がしばらく続いたが、どうもユイは自身の中で折り合いをつけたようで、「次にエルに会う時のために、魔法を作ってエルをびっくりさせようと思うの」と。

そう言って少し明るくなり、研究に精を出し始めたユイに安堵した。

ユイをそこまで悲しませたのがフィリエルなら、悲しみの淵から動き出す理由もまたフィリエルなのだなと。

フィリエルにとってユイが心の支えであるように、ユイにとってもフィリエルはかけがえのない心の支えなのだ。

ユイは誰よりもフィリエルを必要としている。

だからきっと……。

第五話【天才】

合宿始まって以来の授業ボイコットに、ラストールだけでなく他の学園の教師も激怒。

ユイはすぐに呼び出され、何時間もこってり絞られた。

ちなみにフィリエルは暗黙の了解でお咎めなし。

王族であることと、必要な勉学は幼い頃からつけられている最高の教師により、すでに身についているからだそうだ。

ずるい！　と自分だけ怒られる理不尽を感じたユイは、怒られたぐらいで素直に授業に出るようになるはずもなく、教師の言葉は右から左に抜け、毎日教師達の監視の目をかいくぐり逃げ続けた。

だが、この日は方々から国や機関の権力者達が生徒達を見に来る日とあって逃走は許されず、部屋を出た瞬間にあらかじめ部屋の前に陣取っていたバーグに捕獲、強制連行された。

「はーなーしーてー」

「馬鹿もん！　今日だけは出てもらうぞ、カーティス‼」

「嫌ー！　先生お願いだから。絶対面倒臭いことになるから。だから今日だけは見逃してぇぇ！」

ユイの懇願《こんがん》は虚しく廊下に響き、ずるずるとバーグに引きずられていった。

王宮内にある、千人は入ろうかという広さの特別な広間。その真っ白でシミ一つない綺麗に磨かれた床には、巨大な魔法陣が浮かび上がっていた。

その魔法陣の周りではいく人もの研究者と思《おぼ》しき格好の者達が、忙《せわ》しなく動き回っている。

これから長距離の大規模転移魔法が行われるからだ。

転移魔法とは入り口と出口を作り、その間を移動する魔法。

転移魔法の出入り口を作るには、その目で場所を確認しなければならず、使用者が認識できる視界に映る範囲までしか移動できない。

しかし、長い年月に亘《わた》る研究で作り出した、魔法陣をあらかじめ出口に刻み込み、その他いくつかの制限をかける方法によって、長距離の移動が可能となった。

転移門と呼ばれるこの魔法は、何代にも亘った研究者達の技術の結晶であり、何百人もの人や物を移動できることから軍事利用の恐れもあると外部には秘匿《ひとく》され、転移門が使用できるのは発明した国であるガーラント王国のみ。

そして、使えるのは王と王太子の移動、もしくは緊急時のみとされている。

今回の使用目的は前者で、魔法学園の合宿を見学に行くため、国王ベルナルトと王太子アレクシスが、バーハルの訓練所に移動する調整が行われていた。

しばらくして調整が完了した頃、タイミングよくベルナルトとアレクシス、続いて近衛隊長のガイウスとレイスが姿を見せた。

「行けるか？」

「御意、いつでも移動可能でございます」

現場の責任者が恭《うやうや》しく頭を下げ準備が整ったことを告げると、ガイウスが指示を出し、護衛のために一緒に転移する近衛達が魔法陣の上に足を進め配置につく。

「では、レイス。留守の間頼むぞ」

「かなり不本意ですが、承知しました」

不機嫌なレイスの声にベルナルトはどこかびくびくとした様子で、早くこの場から逃げたそうにしている。

と言うのも、これまでの間に一悶着あったからだ。

三校合同合宿では、毎回王族の誰かが向かう決まりになっており、普段は政務の忙しい王が向かうことは稀で、もっぱらアレクシスがその役目を担っていたのだが、ベルナルトが今回は自分も参加したいと突然言い出したのだ。

ならばアレクシスが残って王の代わりに政務をすればいいのだが、アレクシスも合宿行きを譲らず、結局二人そろって行くことになった。

しかし、王と王太子が抜けるとあって、その膨大な政務のしわ寄せがすべてレイスにのしかかる結果となるのだから、レイスが不服に思うのも致し方がない。

不服な理由はそれだけではなく、王はたまには息子の勇姿を見てみたいからと参加の理由を言ってはいるが、本当の理由はユイにこっそり会うため。

「ユイに迷惑をかけたが最後、私はすぐに辞職しますからね」

「……分かった」

誤魔化そうとも本当の理由を察しているレイスの冷ややかな視線に、ベルナルトは耐え切れずそっと目を逸らした。

この、力関係はどっちが上だと言いたくなる光景は、レイスが宰相となってからは日常の一コマとして、今や誰も疑問に思わなくなっている。

周りにいる近衛達も気の毒そうにベルナルトを見ているだけで助けはしない。

不機嫌なレイスの視界に映りたくないというのもあるのだろう。

さすがに近衛隊長としてレイスと顔を合わせる機会の多いガイウスは、その程度のことで左右されないが、少し躊躇いがちに割って入る。

「陛下、後は陛下と殿下が移動されれば出発できますが、どうされます？」

「すぐに行くぞ！　アレクシスも急げ！」

「は、はい」

逃げるが勝ちとばかりに、レイスから離れて急いで魔法陣に駆け込む。

長距離の転移門の発動にはそれだけ大量の魔力を要するので、十数人の術者が魔法陣を囲むようにして周りに立っている。

全員が魔法陣に入ったのを確認すると、術者達が一斉に魔力を込める。

すると、高い天井に届くほどの光の柱が上がり、次の瞬間には魔法陣内にいた数十人が姿を消していた。

瞬く間に王宮の広間から遠いバーハルの訓練所内の魔法陣の上に転移したベルナルト一行。

そのまま、訓練所内にある円形の競技場の観覧席に案内された。これから生徒達の模擬戦闘が行われるのだ。

他の見学者と違い、王族には専用の個室が用意され、内装は高級宿と遜色のない仕様になっている。

そして、部屋の一方が一面窓になっており、そこからは競技場を見下ろせる。

その部屋の斜め横にある他の見学者達の観覧席には、すでに多数の見学者達が来ていた。

王が自分達の方を見ていると気付いた数人は、王に向かい礼を執る。

彼らに片手を上げ応えると、一旦室内に引き下がった。

「アレクシス、ずいぶん豪華な面子がそろっているが、毎回こうなのか？」

「豪華な面子？　どなたですか」

「ギルドの総帥に教会の枢機卿だ」

それを聞いたアレクシスは驚いたように目を丸くし、確認するべく窓から見学者達の部屋を眺める。

すると、ベルナルトが言ったように確かにその人物達を目視できた。

「本当ですね、いつもは来ていないのに……。それに例年より人数も多いな、何か知っているかい、キーレン？」

答えを求められたキーレンは軍の人事を統括している人物で、毎年見学に来ている。

キーレンは手元にある資料をぱらぱらとまくり、紙の束の中から数枚抜いて王の前に差し出す。

「見学者が多いのは、恐らくこの生徒達が目的でしょう」

ベルナルトは差し出された三枚の資料にざっと目を通す。

「セシル・オブラインにカルロ・オブライン。そして、一年のイヴォ・アルマン、この者達か？」

「はい、オブライン兄弟は伯爵家の者で、魔力知力体力どれもが優秀、人格的にも優れ、周囲で彼等を悪く言う者はなく、上級生下級生問わず人気があります。来年五年生になり、卒業となりますので、多くの機関が獲得に乗り出しているようです。しかし、本人達は軍に入ることを希望しています」

「確か、フィリエルと親しいらしいな」

「はい、殿下を側で支えるために軍に入りたいと申しておりました」

フィリエルやアレクシスの交友関係は逐一王へ報告されている。

背後関係などを調べ、王族の友人として相応《ふさわ》しいか判断する必要があるからだ。

純粋に友人を選べないのは悲しいが、王族である以上は危険な人物を側に置かないようにするための必要な措置なのだ。

ちなみにユイの情報は、ベルナルトに届く前にテオドールが握り潰していた。

「優秀な人材がフィリエルについてくれるならば嬉しいことだ」

この二人ならば数多くの選択肢があったはずだが、その多くの中から彼等はフィリエルを選んだ。

フィリエルを支える者がいてくれるのは、父としては嬉しい限りである。

一度会っておくかとベルナルトは思った。

「最後が、今年初めて参加する一年のイヴォ・アルマン」

イヴォの名を聞いてアレクシスが口を開く。

「彼の話なら聞いたことがあるよ。なんでも、わずか十歳の頃から高度な魔法を自在に扱い、専門家とも討論できる程の魔法知識を持ち、魔力も高く、王宮の魔法師を負かす程の力を持った天才児だと」

「ほう、そんな者がいるのか。ならば今から卒業後の勧誘に皆躍起になるだろうな」

「ええ、一応我々の方でも話はしに行くつもりです。……ですが、ギルド総帥や教会の枢機卿が見学に来られたのは、この三名ではなく、別の生徒と直接交渉するのが目的と思われます」

それを聞いてベルナルトは驚く。

「ただの見学ではなく、彼《か》の者達がじきじきに交渉に来たと？　他にそれ程までに優秀な者が学生の中にいると言うのか」

「はい、かくいう私も、今回の交渉に全力を注ぐ気でいます！」

「一体どういう者だ」

総帥と枢機卿は、実力者が多く集まるガーラント王国の中でもトップクラスの実力と地位を持つ二人だ。

しかもそれぞれ所属するのはギルドと教会という、勧誘せずとも入りたいと望む者が多い人気の高い機関だ。

その中の上位の二人に、わざわざ足を運ばせるほどの才能を持った人物。

ベルナルト達は興味津々でキーレンの言葉を待つ。

「それは一年の女子生徒で……」

キーレンは一枚の資料を取り出しベルナルトに手渡す。

「名前はユイ・カーティスと言います」

その場に何とも言えない沈黙が落ちる。

「……もう一度言ってくれ」

ベルナルトは聞き違いかと聞き直す。

「は、はい、ユイ・カーティスという一年の少女です」

「……もしかしてその少女はリーフェだったりするか？」

「はい、そうです。ご存知でしたか？」

ベルナルト、アレクシス、ガイウスの間に再び沈黙が落ちる。

まさか、彼らが会いに来た少女本人だとは思いもしなかったのだ。

「彼女は枢機卿や総帥が来るほどの人材なのか？」

「ええ、天才です」

キーレンは迷いなくキッパリと言い切った。

「確かにイヴォ・アルマンは周囲から天才と言われていますが、彼女の能力はそれを軽く超えています。魔法制御、質、発動の早さ、知識、それらすべて彼女には及びません」

「そこまでなのか」

キーレンは長年国に仕え、経験もあり能力も誰もが認める。

特に人を見る目は、特別なセンサーがついているとまことしやかに噂される程で、王からの信頼も厚く重要な人事を任せられている。

そんな彼がまだ学生の少女をここまで言い切り、能力を認めていることに驚いた。

しかし、それと同時にキーレンがユイの能力を高く評価していることに納得もした。

王宮で披露された、フィリエルの魔力を抑え込むほどの魔力の制御能力と新しい魔法の開発。

いくらそれまで研究していたとはいえ、扉の構築式を調べてから数日で、どの研究者にも作れなかった新しい魔法を生み出したあの才能。

それを間近で体験したのだから、否定の言葉など出ようはずもない。

「はい、ですから教会もギルドも彼女を獲得しようと躍起になっているんですが……」

今まで饒舌《じょうぜつ》に話していたキーレンが途端に口ごもる。

「何か問題でもあるのか？」

「総帥と枢機卿、もちろん私も勧誘に行ったのですが、彼女は祖父の店を継ぎたいからそのつもりはないと拒否されてしまって」

「断ったのか⁉」

「嫌だと即答されてしまいました……」

軍、教会、ギルドは選ばれた優秀な者しかその職に就くことができない。

それ故人気の職業で、そこで働く者は周囲から尊敬の目で見られる。

それを拒否するなど普通なら考えられない。

「その後何度も話をしに行ったのですが、色好い返事は望めず。しかし、あれほど優秀な彼女を小さな店で埋もれさせるわけにはいかないと、諦めなかった教会とギルドはかなりいい条件を彼女に提示したみたいです」

「どんな条件だったのだ？」

「詳細までは分かりませんが、学生ではありえない契約金と地位の保証。店を継ぐという彼女の意思を考慮し、籍だけを置いて普段は店で働いてもいいという条件まで出したようですが……」

「それでも断ったのか？」

「はい」

それだけの条件を出してでもユイを獲得しようとするギルドと教会に驚いたが、それを軽くあしらうユイにも驚きを隠せない。

ユイほどの年若い者ならば、軍、ギルド、教会の国内トップの三機関からそろって勧誘を受ければ有頂天になり、目先の欲に目が眩んで後先考えず契約してしまいそうなものだ。

総帥や枢機卿もそれを狙って大金をちらつかせたのかもしれないが、誤算はユイの意志がその程度で揺るがない確固たるものだったことだろう。

アレクシスは納得の表情だった。

「父上の報酬の件も金品ではなく口止めを選びましたからね。そんな程度では動かせないでしょう」

「口止めですか？」

「そうだよ。父上、キーレンにならば話をしても大丈夫ですか？」

「ああ、キーレンはある程度知っているから問題ないだろう」

アレクシスはベルナルトの了解を得ると、なんのことか分からず首をひねるキーレンに問うた。

「キーレンは先日のフィリエルに触れられるようになる魔法を知っていたね」

「ええ、王宮の研究者にも作れなかった魔法を、外部の者が作ったと大元帥からお聞きしました。ずいぶん喜んでいらっしゃいましたよ。あの方もご自分の後継となるフィリエル殿下を大層気にかけておられましたからね。ですが、その直後に箝口令《かんこう》が敷かれてしまって困惑しておられましたけど。それで、わざわざその話を出すということは……」

キーレンの問いに、ベルナルトは真剣な表情で頷いた。

「ああ、その魔法を作ったのが、キーレンが言っていたユイという娘だ。報酬をやると言ったら金品ではなく口止めを望んでな。私としては国に仕えてほしかったが、レイスが立ち塞がっては私でも無理強いはできなかった」

「ああ、カーティス宰相ですか……」

レイスの名前が出ると、途端にキーレンの顔がげんなりしたようになる。

その姿はどこか疲れたようにも見える。

「何かあったの？」

「ええ。以前何とか彼女に納得してもらおうと何度となく家に通っていたのですが、ある時カーティス宰相が現れましてね。その時はまだ結婚前で正式な父親というわけではなかったのですが、その時から彼の溺愛っぷりは尋常じゃなくて、恐ろしい剣幕で牽制されてしまいましたよ」

まさかユイとレイスに繋がりがあるとは知らなかったキーレンは、レイスの登場に腰が抜けるほど驚いた。

そして、キーレンは初めて笑顔の人間が恐ろしいと感じ、レイスが魔王と呼ばれる理由を身をもって味わったのだった。

おそらくギルドの総帥や教会の枢機卿も同様に追い返されているだろう。

それからは、三人が家に近付くこともユイの前に現れることもなくなっていた。

「しかーし、私はまだ諦めていません！　今回宰相は王宮にいて、邪魔が入らない絶好の機会！　必ずや彼女を勧誘してみせます‼」

燃えに燃えるキーレンだったが、それを見ている外野は比較的冷静だ。

「どう思う？　アレクシス、ガイウス」

父からの問いかけにアレクシスは苦笑を浮かべる。

「可能性は限りなく低いでしょうね。彼女は意志を曲げそうにありませんし、簡単に勧誘を受け入れるぐらいなら、父上から報酬の話が出た時にもっといい条件を要求して仕えていますよ」

「何より、大怪我をする可能性が高い軍に入るなど、あの宰相が許すはずがないでしょうな。それこそ、遠く離れていても邪魔するぐらいのこと彼ならやってのけそうです」

うんうん、とベルナルトとアレクシスは同意する。

レイスならばたとえ国外にいようがやるだろうと疑問すら抱かなかった。

むしろこの会話すら筒抜けではないかという恐ろしさがある。

そして、ガイウスのこの予想は現実のものとなるのだった。


抵抗虚しく、ユイはバーグによって他の生徒も集まる場所に連れてこられてしまった。

「お前達、カーティスを見張っておくんだ。絶対に逃がすんじゃないぞ！」

バーグはフィニー達四人に念を押して去っていく。

しかし、これぐらいでへこたれるユイではなく、バーグの姿が見えなくなるとこっそりと抜け出そうとした。

だが、バーグの言葉を忠実に守ったイヴォに捕まってしまう。

「イヴォ離して」

「離したらどっかに行くだろうが！」

「当然」

何が悪いのかと言いたげなユイの眼差し。

「いいよって言ってあげたいけど、さすがに今日は駄目。グループでの試合があるから、ユイちゃんに抜けられると困るんだよね～」

いつもはユイに甘いライルだが、今日ばかりは逃がしてはくれなかった。

それもそのはず、今日は模擬試合が行われるのだ。

ユイがいなくなれば人数的に不利になり、何より自分達の中で一番強いユイが抜けるのは痛手だった。

「私がいなくてもイヴォがいるし、大丈夫でしょう？」

「確かに同学年じゃダントツだけど、今日は上級生とも試合があるからね。さすがにイヴォ君でも数の差があるし、舐めてかかれる相手じゃないから念には念を入れておきたいんだよね～」

「諦めて参加しろ」

ライルとイヴォにそれぞれ言われるが、ユイはまったくやる気がなく、逃げる機会を窺っている。

今にも逃げ出しかねないユイに、仕方なさそうにフィニーが動いた。

「じゃあ、見学者が来ている間参加したら、ユイにいいものあげるよ」

「いいもの？」

不思議そうにするユイの前に、手に乗るほどの小さい小袋を見せる。

中には包み紙にくるまれた一口大の大きさのお菓子がいくつか入っていた。

「王族御用達の店の、一日十個限定のチョコだよ。欲しい？」

「欲しい！」

中身を知った瞬間、ユイは目を輝かせた。

それは王都で評判のチョコ専門店で、希少な素材を使っているため、週に一度十個だけしか販売されない幻のチョコ。

ユイも一度並んだことがあるが、チョコを手に入れた人達は売り切れ直後の一週間前から並んでいると知って断念したのだ。

フィニーが一週間並んだのか気になるところではあるが、今はそれどころではない。

「じゃあ、見学者がいる間は参加してくれる？」

「うん、する！」

即答するユイに、今までのやり取りはなんだったのかと、ライルとイヴォは呆れて溜息を吐く。

その一方で、ユイがフィニーから受け取っているご褒美に目が釘付けのクロイスは、ぽつりと呟いた。

「俺も出たくないと駄々をこねてみるか」

「クロ君が駄々こねても可愛くないからね」

「ユイ、それ一つクロにやれ。でないとこいつまで脱走しそうだ」

やれやれという様子のイヴォがユイに頼んだ瞬間、クロイスは先程のユイのように目をキラキラ

させる。

「分かった」

ユイはチョコを取り出し、クロイス以外の者にも順に渡した。

「俺達ももらっていいの？」

「うん」

そうして行き渡ったチョコを全員で頬張る。

チョコは甘過ぎず滑らかな口当たりですぐに口の中で溶けてしまう。

絶品の一言に尽きる品だ。

「うまっ！」

「もうないのかフィニー」

一個では足りないと、クロイスはフィニーに詰め寄る。

「残念、それで最後だよ。欲しかったら次は自分で並んで」

チョコの余韻にうっとりと浸っていたユイだが、刺さるような視線を感じてちらりと周りに目を向ける。

すると、周囲にいる何人もの生徒がユイを鋭い眼差しで見ていた。

その眼に浮かんでいるのは軽蔑や嫌悪といった、敵意すら感じるもの。

それはユイがリーフェだから向けているわけではない。

彼等にとって合宿に参加するというのは、名誉あることなのだ。

誰もが必死になって真剣に取り組んでいる。

そんな中でこれまでのユイの行動と言えば、サボる。逃げる。サボる。

合宿にリーフェが選ばれただけでも気に食わないという者は少なくなく、今はそれに加え、合宿を軽んじるユイの行動に対して非難する者達が多くいた。

将来をかけて真剣に挑んでいる者の側で遊んでいる者がいれば、軽蔑されても仕方がないだろう。

これに関しては、授業に参加しないユイの自業自得なので、イヴォ達も彼等を牽制するような真似はしない。

ユイにしてみても、自分の行動が彼等からどう見られるか分かっていたし、こういった視線は昔から慣れたものなので、鬱陶しいと思いこそすれ、さほど気にはならなかった。

それよりも、ユイには切実な問題があった。

「ねえ、フィニー。今日の見学者の中に、ギルドの総帥と教会の枢機卿は来てる？」

「うん来てるよ。ついでに、軍の人事を統括してるキーレン元帥もね」

最早《もはや》、何故そんなことを知っているのかと聞く者はいない。

フィニーだから。

それですべて納得だ。

「目的はユイが一番よく分かってるんじゃない？」

フィニーの言う通り、嫌というほど分かっているユイの顔は自然と険しくなる。

あれは去年の中等大会直後。

見るからに地位の高そうな人物が家にやって来た。

それは大元帥に次ぐ地位を持ち、人事を統括しているキーレン元帥という、とんでもない人物だった。

目的は軍への勧誘。

大会では一切戦っていないというのに何故ユイを勧誘に来るのか不思議に思ったが、どうやら大会前の各学校で行われた予選を見に来ていたらしい。

本来の目的は天才と言われていたイヴォを見ることだったのだが、その時に対戦相手を次々瞬殺。その後にイヴォの提案で遊び半分で行った模擬戦で、目的の天才児を軽く倒したユイを目にし、ぜひ軍に入ってほしいと思い勧誘に来たのだとか。

実力を認めてもらったのは素直に嬉しい。

しかし、ユイは軍に入る気はまったくなかったのでその場で断ったのだが、キーレンは納得せず何度となく顔を見せるようになった。

しかもそれだけでは終わらず、キーレンと同様の理由でギルドの総帥、教会の枢機卿までもが参戦してきたのである。

断っても断っても諦めない三者に困り果て、宰相という高い地位にある、当時まだ結婚前で母の婚約者だったレイスに助けを求めたのだ。

助言をもらうだけのつもりだったが、話を聞いたレイスは、さすが宰相様とレイスの認識を改めるほど言葉巧みに彼等を追い返し、それからは彼等がユイの前に姿を見せることはなくなったのだが……。

おそらくレイスのいない内にとでも思ってやって来たのだろう。

だがしかし、レイスの方が何枚も上手だ。

ユイはレイスから預かったお守りがポケットに入っていることを確認する。

確かに入っているのを確かめ、これがあれば大丈夫だと安堵すると同時に、レイスの抜かりのなさに感謝する。

「軍にギルドに教会か～。すごい顔ぶれだよね、ユイちゃんはどれかに行く気はないの？」

ライルの問いかけに、ユイは興味がなさそうに即答する。

「まったく。私はお店を継ぐから」

「もったいない。まあユイちゃんらしいけどね。周りに流されず我が道を行くって感じで」

「空気が読めない、天然、マイペースとも言うがな」

そのイヴォの言葉にユイは憤慨する。

「失礼な、空気ぐらいは読めるよ、読めても気にしないだけで」

「そっちの方がタチが悪いだろ」

そんな風に雑談をしてしばらくすると、生徒が集まっている広間に教師達が入って来た。

その中で、バーグは入って来た瞬間からユイの姿を目に留め、その鋭い視線は、逃げるんじゃねぇぞと語っていた。

教師達の登場に、生徒達は自然と前に並び始める。

その顔には緊張とやる気が入り混じった表情を浮かべているようだ。

三年生以下の生徒は次があるからかまだ余裕が見られるが、四年生は来年には進路先を決めなければならないため、他の生徒とは緊張の度合いと意気込みが違っていた。

合宿に参加している五年生は、教師の手伝いや、教師だけでは手の回らない大勢いる下級生のまとめ役が主な役目で、卒業後の進路がすでに決まっている者達が選出されるのだ。

つまり四年生にとって、自らの力を示し勧誘を受ける機会は今回が最後と言える。

生徒達が整列し終わると、今回のメインイベントとなる、見学者の前での模擬戦の説明が行われた。

「これより競技場に移動してグループごとに模擬戦が行われる。試合は午前には一グループずつこちらが用意した対象と戦い、午後はすべてのグループを半分に分け、それぞれバトルロワイアル形式で戦ってもらう。一人でも最後まで勝ち残った者がいたグループが勝ちだ」

「勝ち残った二グループには、とっておきのご褒美があるので頑張ってください」

ご褒美という言葉に、それまで静かに聞いていた生徒達が浮き足立つ。

ご褒美の内容についてひそひそと話し合う声が聞こえてくる。

「静かに！　まだ話は終わっていない！　模擬戦は実戦を踏まえた危険なものだ。優秀な治療師を用意しているし、戦闘中もし危険と判断したらすぐに中断させてもらうが、各自気を引き締めてできるだけ怪我のないように取り組んでくれ」

「最後に、見学者の中には高位の方々がたくさんいらっしゃっている。決して粗相のないよう、礼儀にも気を付けるように」

そうして教師の説明が一通り終わると、模擬戦を行う競技場へと移動が始まった。

誰もが表情を引き締める中、ユイだけは面倒臭そうに、しかしチョコをもらったので諦めて集団と共に移動する。

競技場に整列すると、王族席、続いてその他の見学席に向かいすべての教師生徒がそろって礼を執る。

「大怪我のないよう精一杯力を示してくれ。皆の活躍を楽しみにしている」

王のその言葉を聞き終えると、決められていた最初のグループだけを残し、その他の生徒は競技場を囲うように設置されている客席へ移動する。

客席と生徒が戦う競技場の中心との境には、安全のための強力な防御魔法が張られている。

全員の移動が終わると出入り口が閉まり、最初に戦う生徒達に緊張が走る。

「では、模擬戦を始める！　制限時間は十五分だ」

教師の開始の合図の後、出入り口とは別の扉が開き、そこから狼に似た四つ足の魔獣が二匹現れた。

模擬戦のために学園側が用意した対象が何かは、その時まで分からない。

そのグループにいる生徒の試験結果や過去の実績などを考慮し、魔獣の種類や数が決定され、訓練所の周りの魔の森から生け捕りにしているらしい。

魔獣が相手ということに、一年生を含めた初参加の者は驚いているかと思いきや、上級者から過去の合宿での話を聞いていたようで、目立った混乱は見られない。

しかし、魔獣はめったに街中に現れるものではなく、合宿参加が初めての者は魔獣を見るのも初めての生徒がほとんどで、実際に間近で見る魔獣の迫力に恐怖を感じている者は多くいた。

最初に戦うのは、ダインの三年生五人の男女混合グループ。

最初こそ緊張で動きが悪く連携も上手く取れずに一人が腕を負傷したが、なんとか立て直して魔獣を倒すことに成功した。

その後も順番に生徒達が競技場内に下りて魔獣と戦い、負傷する者は後を絶たなかったが皆軽傷で、あらかじめ設定された十五分以内に決められた数の魔獣を倒せていたのは、さすが合宿参加を勝ち取った実力者達といったところだろう。

その中で最も魔獣の数が多かったのは、セシル、カルロ、フィリエル、ルカ、ジークのグループだったが、それでも彼等の相手とするのには少なかったようで、他の三人が手を出す間もなくセシルとルカの二人で倒し、今日一番の歓声を浴びていた。

上級生の試合がすべて終わると、最後に一年生の番が回ってくる。

上級生の試合を観察しながらグループ内で何度も作戦を練って準備していた一年生達だが、いざ自分の番が近付いてくると緊張と恐怖が入り混じり、青ざめている者も少なくない。

しかし、その中で一年生として最初に戦うユイ達は恐怖や緊張など露ほども見せず場内に入る。

ユイ達の準備が終わり、魔獣が姿を現す。入って来た魔獣は全部で十匹。

その数に場内は騒然となり、大きなざわめきが起きる。

上級生でも基本五匹から十匹の間だったというのに、実戦経験のない初参加の一年に十匹の魔獣が用意されたのだから、驚くのも無理はない。

「うわっ、初心者にこれは多過ぎぃ。絶対に天才イヴォ君のせいだよ」

「イヴォ、責任を取れ」

「喧《やかま》しい！　お前らも人のこと言えないだろうが！」

ライルとクロイスが恨めしそうにイヴォに文句を言ったが、自分のせいにされたイヴォは怒鳴り返す。戦闘直前だというのに、なんとも緊張感に欠けるやり取りだ。

「僕から言わせれば、君達三人一緒だからだと思うけどね。関係ない僕達Hクラスの下っ端《ぱ》からしたら、すごい迷惑だと思わない？　ねえ、ユイ――」

Hクラスということで、恐らく自分達は原因ではないだろうと考えたフィニーが、ユイに同意を求めようと振り返る。が、ユイは魔獣との戦闘中にもかかわらず、壁にもたれるように座り込み、自分の周りに防御魔法を張って本を開いていた。

フィニーはどこか予想していたところがあり苦笑するだけだが、イヴォはくつろぐユイを見て激しく怒鳴り散らす。

「ユイー!!　何やってるんだお前はー！」

「『これを見れば誰にも負けない！　一度は食べてみるべし！　バーハルの人気お菓子完全制覇攻略本』を読んでるの」

「またその本か！　捨ててしまえ、燃やして塵《ちり》にしろ！　そんなふざけた本！」

「……イヴォ、後ろ」

「はっ？　……うわぁっ」

激怒しているイヴォに、ユイは冷静にイヴォの後ろを指差す。

それにつられ振り向くと、ちょうど魔獣がイヴォの背後に迫り襲いかかろうとしていたところで、イヴォは怒りもどこかに吹っ飛ぶほど驚いた。

しかし、そんな予期せぬ状態だとしても、回避しながら逆に攻撃を当てて、一匹を撃破してしまうのだから、天才の名も周りの過大評価ではない。

しかし天才として有名なイヴォに、Ａクラスの実力上位者のライルとクロイスがそろってはいてもさすがに魔獣の数が多いようだった。

その上、全員王都生まれ王都育ちの都会っ子とあって、魔獣と戦うどころか見たのも初めて。

そんなイヴォ達は経験が圧倒的に足りなく、ユイに意識を向ける余裕がないほど苦戦していた。

ちゃっかりしているフィニーは、時々ライルを盾にしながら余裕な様子で魔獣の攻撃をかわしつつ攻撃を仕掛けているが、決定打に欠けるようだ。

幸いなのは、ユイが全員に防御魔法を張ったおかげで怪我を負うことはなく、誰も魔獣相手に恐怖していなかったので、怯えて体が強張るような事態にはならなかったことだろう。

防御魔法を張り少しだけ戦いに参加して、バーグに怒られた時の言い訳にしようと考えていたユイは、依然壁にもたれ数日後の自由時間に向けて菓子店の情報を物色していた。

そんなじっとしているユイに狙いを定めた魔獣が二匹突撃してきたが、防御魔法に阻まれ傷一つ負うことなくユイは読書を続行。

その間も魔獣がユイを襲おうと防御魔法を引っ掻いたり体当たりしたりと、普通ならば恐怖を感じる状況が目と鼻の先で繰り広げられていたが、ユイは我関せずと本を読み続ける。

イヴォ達は予想以上に苦戦しており、すでに十分以上経過していたが、倒した魔獣はまだ半分程度で、制限時間内に倒すのは時間的に不可能だと思われた。

「ユイちゃん、その本ちょっとだけ置いて手伝ってぇぇ」

「やだ」

「即答ー！　フィニー君、もう限定チョコはないの⁉」

「うーん、用意してたのはあれだけなんだよね。参加だけじゃなく、戦うのも条件に入れとけばよかったなぁ」

そんなやり取りをしている時、教師達の席ではバーグがふるふると怒りに震えていた。

「カーティス！　真面目にしないかぁ‼」

バーグの怒号が会場内に響いたが、ユイは聞こえないふりでスルーした。

しかし、次のダイン学園の教師の言葉は聞き逃せなかった。

「そこでバーハルの菓子店の物色計画をしているカーティス。ちなみに制限時間内に魔獣をすべて倒せなかったグループの自由時間は……なしだ‼」

なしだ……。

なしだ……。

その言葉がユイの頭の中を駆け巡りこだまする。意味を理解するのにしばらくかかった。

「げっ、まじ?」

「なんだとぉ！」

すでに上級生のお姉様方と約束を取りつけ、遊ぶ気満々だったライルと、ユイ同様バーハルでお菓子を買い漁《あさ》るつもりでいたクロイスが激しく反応した。

他にも自由時間を楽しみにしていた生徒は多く、戦いを控えている一年生にも衝撃が走る。

すでに戦いが終わり、全員制限時間内に倒せていた上級生は余裕の様子だが、「楽しみにしていたのにー」「終わった……」「この日のためにお小遣い前借りしたのに！」などといった悲痛な叫びが一年生達から上がっている。

そうして騒いでいる間にも刻々と時間は過ぎ去り、とうとう「残り三十秒！」と制限時間が迫っていた。

すると、それまで座り込んでいたユイが立ち上がり、それを見たフィニーが戦っている三人に向け声をかける。

「おーい、やっとユイがやる気になったみたいだよ～」

その声に反応して三人もユイに視線を向けると、ユイが防御魔法を壊そうとしていた魔獣を魔力で吹き飛ばしているところだった。

「やばっ。イヴォ君、クロ君、逃げないと巻き添え食らうよ！」

イヴォとクロイスに注意を促しながら、ライルは魔獣の隙をついて距離を取ると、イヴォとクロイスもまた同様に魔獣から急いで離れる。

ユイが吹き飛ばした魔獣は壁に叩きつけられはしたが、すぐに起き上がり低く唸り声を上げながら襲う隙を狙っている。

「イヴォ、なんでもいいから風魔法撃って」

「分かった」

ユイは魔獣を見据えながら、イヴォに指示を出す。

リーフェには火・水・風・地の四属性の魔法を発動できないので、これからユイが使おうとしている魔法のためには誰かに補助してもらう必要があった。

ユイになんでもと言われ、イヴォは威力よりも速さを優先させ、詠唱が短く早く発動できる風魔法の中で最も威力の弱い魔法を選んだ。

速さを優先させたので、瞬く間に魔法が発動し魔獣に向かうと、それに合わせるようにユイも詠唱を終わらせた。

すると、威力が弱いはずの魔法の力が一気に膨れ上がり、風が無数の刃となって五匹いた魔獣に襲いかかる。

雨のように降り注ぐ見えない刃に、五匹の魔獣は一歩も動けぬまま、次の瞬間にはすべて身体を真っ二つに切り裂かれていた。

あまりに呆気ない終わり方に、教師、生徒、見学者達は驚きで声も上がらず、拍子抜けしたように口が開いたままの者もいる。

そんな中、側でそれを見ていた四人の男達は制限時間内に終わったことを喜ぶでもなく、表情を引きつらせていた。

「……瞬殺」

「俺達があれだけ苦戦してたのに、あっさりと……」

「俺達の苦労は一体なんだったんだ……」

「僕達いらなかったんじゃない？」

普段から天才だの優秀だのと周りからちやほやされている、イヴォ、ライル、クロイスの三人。

そこに驕《おご》りがあったわけではなく、努力を決しておこたらなかったが、やはり周りの声に自分達は強いと慢心していた気持ちがどこかにあったのかもしれない。

四人いても五匹しか倒せていなかったというのに、ユイは一瞬で残りすべての魔獣を片付けてしまった。

最初からユイは自分達より強いという認識はあったし、ユイ一人の力ではなくイヴォの補助があった。

しかし、遊びのような試合の勝ち負けではない純粋な実戦での実力の差に、プライドはズタズタのぼろ雑巾のように激しく傷ついてしまう。

静かに落ち込むイヴォとライルとクロイスをよそに、ユイは制限時間内に終わったことを素直に喜んでいた。

「フィニー、ちゃんと制限時間内に終わったよね？　ね？」

「うん、よかったね。でもそのせいで、三人ほど再起不能になったかも……」

今の試合を観戦していた王族の個室も、驚きに包まれていた。

「今のは彼女がやったのか？　だが、リーフェは風の魔法は使えないはずだが……」

説明を求めるようにベルナルトはキーレンに視線を向ける。

「彼女が使ったのは無属性の増幅の魔法です。リーフェは無属性以外の魔法を発動できませんが、一部の無属性魔法を使えば四属性に干渉できます。その前にイヴォ・アルマンが放った風魔法に増幅の魔法を重ねて威力を上げただけの、無属性の中では比較的簡単な魔法です」

「あれほど威力が上がるものなのかい？」

イヴォが使ったのは初級の中の初級、風魔法を学ぶ時に最初に習う、本当の初心者用の攻撃力などほとんどない魔法だった。

それが五匹いた魔獣をすべて真っ二つに切り裂くほどの威力を持ったのだ。アレクシスが疑問に思うのも不思議ではない。

「学生であれほど威力を上げられる者はいないでしょう。無属性魔法は相当な魔力の制御力が必要ですから。ですが、不可能ではありません。軍の中でも、青の部隊長なら可能かと思いますよ。ただ、彼女の力はあの程度ではありません。わざわざ他者の力を借りずとも倒せていたはずです」

無属性以外使えないユイに単身でそれができるのか疑問でならないが、元帥たるキーレンがそこまで断言するのであれば事実なのだろう。

元々四属性を使えるベルナルトを始めとした多くの国民は、必要のない無属性魔法をほとんど学ばないので、ベルナルトはキーレンの言葉を信じるしかないのだ。

「では何故そうしない。己の力を示すには絶好の場所と機会であろう」

「分かりません。どうも彼女は人前で力を使うのを忌避しているようです。学園でも、彼女の能力ならAクラスは確実なはずなのですが、筆記実技共に平均以下と、実力を表に出そうとしないのですよ」

キーレンは困ったように小さな溜息を一つ吐き、話を続ける。

「しかし、中等学校に通っていた時は、筆記も実技もクラスメートだったイヴォ・アルマンを抑えて一位を取っていたのです」

「どういうことだ？」

中等学校の時には天才と言われるイヴォより優秀な点を取っていながら、今の魔法学園では平均以下。

それはつまり故意にそうしているのだろうとベルナルト達にも予想できた。

しかし、何故そんなことをする必要があるのか。

「分かりません。ただ、彼女が力を隠すようになり始めたのが、中等の大会以降だということだけは分かっています」

「ではその時に何かあったのか」

「本人に聞いてみましたが、頭のいい子ですから、上手くはぐらかされてしまって。それが分かれば断固として勧誘を断るその理由も分かるかもしれませんが……」

「ふむ、レイスにそれとなく聞いてみるか」

まともに答えてくれるとは思えないがな、とベルナルトは小さく呟いた。

それでもユイの才能は惜しく、教会やギルドが必死になる理由はよく分かる。

町の小さな店で埋もれていい才能ではない。

ベルナルトとて、もしレイスが背後にいなければ、王の権力を使って強制的に国に仕えるようにしていたのは確実だ。

ベルナルト達がユイについて話している間も一年生の試合は次々行われており、結果として制限時間内に魔獣を撃破できた一年生はユイ達のグループのみだった。

一年生は初めて見る魔獣に足が竦《すく》んだり、恐怖のあまり体が思うように動かなかったりと、まともに戦える状態ではなかった。逃げ出す者もいたほどで、負傷の度合いも上級生と比べて重く、人数も多かった。

中には魔獣との戦闘が初めてではなさそうな者もおり、勇敢に戦っていた者もいたが、今回は個人戦ではなくグループ戦。

他のメンバーが足手まといになったり、倒せても制限時間を超えてしまったりしていた。

こうして一年生は惨憺《さんたん》たる結果に終わったが、例年の一年生も初めての魔獣相手の実戦に、似たり寄ったりな結果に終わるようで、上級生や見学者に結果を笑う者はほとんど見られない。

上級生は昔を思い出すように、見学者は悔しそうにする一年生達の将来を期待するように、温かい目を向けていた。

最後に、試合がすべて終わると、頑張った一年生に向け大きな拍手が送られた。


午前中の試合が終わると昼休みとなり、午後の試合に向けて午前中に失った魔力と体力を補うべく食事を取りつつ、いたる所でグループで集まって、この後に行われる試合の対策を話し合っている。

特に、午前の試合でいい結果を残せなかった一年生の気合いはすさまじく、試合直後の落ち込んでいた様子は一切見られない。

次は無様な姿は見せないぞ、という気迫を感じる。

そんな中で、やはりというかユイ達のグループは、口うるさいが責任感が強く真面目な性格のイヴォを除き、まるで旅行に来ているかのように気楽に昼食を食べていた。

「ライルの唐揚げ美味しそう。私もAセットにすればよかったかな」

「じゃあ一個あげるから、ユイちゃんのハンバーグちょっとちょうだい」

「うん」

「夕食はクロの好きなプリンがついてくるらしいよ」

「何⁉　それは楽しみだ」

周りは笑顔もなく真剣に対策を話している中、楽しそうに雑談するユイ達に、イヴォが吠える。

「お前らぁ、少しは周りを見習って緊張感を持て！」

午前中の試合は知能も低い魔獣相手だったから、ユイが戦いに参加したおかげでなんとかなったが、午後は上級生も入り混じっての生き残り戦。

経験の差から言って苦戦は必至。

周りのようにしっかりと作戦を練るべきなのだ。

そんな真面目なイヴォの心配は、美味しいご飯の前では意味をなさなかった。

「えーいいじゃん、ご飯は楽しく食べないとね」

「そうそう、イヴォも早く食べないと冷めちゃうよ」

「昼にデザートはないのか？」

「ゼリーがあったから、ついでにクロのも取ってきたよ。品切れ寸前だったから」

「さすがだ、ユイ。俺の気持ちが分かるのはお前だけだ、同志よ」

試合の心配よりご飯の心配をされ、後半の菓子好き二人はイヴォに耳を傾ける素振りすらない。

イヴォは話し合いを諦め、がっくりと席に崩れ落ちた。

昼休憩を終えると、再び広間に生徒達が集合する。

バーグから午後の説明が行われ、それと共に腕時計のような道具が配られた。

違いは、時計の部分に代わり、白っぽい丸い硝子《ガラス》がついていて、そこに小さな魔法陣が描かれていることだろうか。

「午後に行う試合は二回。今配った魔具は、ある一定のダメージを受けると硝子が自然と壊れるようになっている。壊れた者は試合会場からただちに出るように。そして、最後まで残った者のいるグループが勝者だ。上級生下級生隔たりなく分けているので、自分の今の実力を測れるいい機会だ、頑張りなさい。では最後に、何か質問がある者は……」

そう言い終わる前に、これまで全然やる気を見せなかったユイが勢いよく手を上げたのを見て、バーグはやっとやる気になってくれたかと喜ぶよりも、訝しげに眉をひそめた。

「なんだ、カーティス」

「午前中の試合であった自由時間なしの罰みたいに、今回は最後まで残らなかった場合の罰はありますか？」

午前中の試合中、制限時間間際になって急に罰の発表があったので、今回も何かあるのではとユイはかなり警戒していた。

そして、ユイの言葉でその可能性があると気付いた生徒達も真剣にバーグを見つめる。

一年生にとっては自由時間がなくなっただけでも泣きそうなのに、これ以上増えたらたまったものではない。

「安心しろ、今回はご褒美だけで罰はない」

その一言で安堵する生徒達だったが、本来の目的は合宿で実力を見学者に認めてもらうことなので、決して表には出さなかった。

が、そんなもの知ったこっちゃないユイは、あからさまにほっとした表情を浮かべた。

「じゃあ負けても街には行けるんですよね。よかった……」

「お前はこの合宿に何しに来たんだ。美食の旅だとでも思っているのではないか？」

はいと即答しようとしたが、周囲から冷ややかな視線を浴びせられ寸前で飲み込み、まったく思ってもいない言葉で取り繕った。

「とんでもありません、偉い人に認めてもらいに来ました」

「棒読みだ、馬鹿者！」

怒号を響かせたバーグは、胃の辺りを押さえながらユイの担任でなくてよかったと心底思っただろう。


試合開始直前、話に出ていた勝者のご褒美が発表された。

「ご褒美の内容は、午後の試合で勝ち残った二グループの者に、元帥とギルド総師が直々に特別授業をしてくださるというものだ」

それを聞いた生徒達の間から悲鳴や雄叫びのような声が上がる。

元帥や総師から教えを請うなど中々できる経験ではない。

ご褒美を勝ち取ろうと会場内は異様な気迫と熱気に包まれた。

興奮覚めやらぬ中始まった前半の試合には、セシルとカルロのグループが参加していた。

しかし、そこに同じグループのルカとジークの姿はあったがフィリエルの姿はなかった。

王族であるフィリエルには手を出しづらいだろうとの配慮で、見学となったようだ。

それによりセシル達のグループは一人少なくなったわけなのだが、その程度ではハンデにすらならなかった。

開始すぐに、風属性を得意とするセシルが、カルロとルカとジーク以外の参加していたすべての生徒に向けて、高位の魔法師でも難しい広い範囲に効果をもたらす広域魔法をぶっ放したのだ。

セシルが使用した広域魔法により、参加した生徒達に風圧がのしかかる。

風魔法は目に見えない上、広域魔法などという難度の高い魔法を使える者がいると思っていなかった生徒は誰一人防ぐことができず、まるで岩でも落ちてきたかのような衝撃に襲われ、試合開始から瞬く間に全員の魔具の硝子が破裂。

残ったのは無傷のセシルとカルロとルカとジークだけという、圧倒的な強さを見せた。

高難易度の魔法に会場は大盛り上がりとなったのだが、これはただの試合ではなく、一番の目的は生徒の実力を見学者達に披露することなのだ。

瞬殺などされては生徒達の実力を見せられず、ただの敗者で終わる。

このままでは、生徒達の将来に関わってきてしまうと慌てた教師陣はただちに話し合い、急遽セシル達を除いた第二試合を設けることになった。

再試合が行われると、負けた生徒達もこれ以上の失態は見せられないと実力を大いに発揮し、最後まで残った三年生を倒し、四年生のグループが最終的に残るという普通の試合展開に終わり、教師陣はほっと安堵の息を吐いた。

「無事終わったな」

終わったと言いつつイヴォは難しい顔で未だ試合会場を見ていた。きっと彼は頭の中で、自分が遭遇した場合の対処方法を計算しているのだと思われる。

「彼等も可哀想にね。まさか、学生が広域魔法使うなんて誰も思ってないから、防御が遅れても仕方がないよ」

と、フィニーは同情的だ。

「ここの兄妹はどうなってんだ？」

「兄も妹も規格外過ぎるよね」

四人はちらりと、兄同様規格外の強さを持つユイを見る。

「何よ……。イヴォだって、広域魔法ぐらい使えるでしょう？　兄様をどうこう言えないじゃない」

「確かにできるが、広域魔法は効果範囲の広さに術者の実力で幅がある。会場すべてを効果範囲に入れるほどの広さの魔法を、あれほど早く発動などできないし、威力も弱くなる。今の段階ではとても実戦で使えたものじゃない」

イヴォはそう言うが、普通に考えれば一年生で広域魔法を使えるだけで十分に規格外の一員なのだが、少々基準がおかしくなっている。原因は間違いなくユイだろう。

続いて始まった、ユイ達の参戦する後半戦。

後半戦は前半戦のように一瞬で硝子が壊されるような事態にはならず、試合会場のあちこちで戦闘が行われ、ある者は個人で、ある者は連携を取りつつ、壊したり壊されたりを繰り返していた。

そんな中で、何故かユイの周りだけはぽっかりとした空間ができ、誰もユイに手を出さなかった。

リーフェは落ちこぼれと刷り込まれている者がほとんどである。

一番先に標的となりそうなのだが、午前中での試合で一気に魔獣を倒したユイを目の当たりにした後から、生徒達のユイを見る目があきらかに違ってきていた。

弱者と侮《あなど》るものから、警戒する目へと。

それでもやはり、長年の固定観念はそうそう覆るわけではなく、あれはまぐれだと結論を出す者がほとんどだった。

だからと言って、勇み足で真っ正面から攻撃する程ユイの弱さを信じ切れず、誰もが今は様子見で手を出すのを躊躇っていた。

そしてユイも、特別授業というご褒美に魅力を感じるどころか、むしろ罰ゲームとすら思っていたので、精力的に動くようなことはせず、壁際で大人しく棒の付いた飴をくわえながら終わるのを待っていた。

ご褒美の内容が、夕食にチーズケーキがついてくるとかであれば、我先にと戦闘に参加し、セシル同様に開始直後に全員沈めていたかもしれない。

そういう意味では教師陣のご褒美の選択は正しかったが、戦闘に参加しないユイにバーグは怒りも失せ、諦めの境地にいたっていた。


試合も佳境に入り、残るは三つのグループを残すのみとなった。

一つは二人、もう一つは四人残った、どちらも四年生のグループ。

そして、最後はユイ達のグループだ。

作戦など皆無だったが、イヴォとライルとクロイスが息の合った連携を取り、なんとか上級生の中に食い込んだ。

しかし、逆に何も話し合わなかったのがよかったのだとユイは思う。

自分を含め、皆よくも悪くも個性が強くマイペース。

話し合って下手に行動を決め制限するよりは、行き当たりばったりでその時に自分に合った行動を起こすのが一番いい。

それぞれ各自の性格をよく分かっているから、次にどういう行動に出るかも大体予測がつくので、自分の役割も理解しやすい。

とはいえ、イヴォ達の疲労はかなりのもので、三人共息を切らし余裕はまったくない。

四年生の二つのグループは、疲れ切ったイヴォ達ならばすぐに片付けられるとふんだのか、お互いに視線を交わすと示し合わせたようにイヴォ達に矛先を向けた。

前に後ろにと、いつの間にか囲まれていると理解したイヴォ達は顔を引きつらせる。

「絶体絶命ー！　これ無理じゃない？」

ライルは弱気な発言をするが、その目には負けという弱さなどは見えない。

それはイヴォとクロイスも同様で、表情を引き締め、攻撃に備える。

一人が放った火が壁のように高く燃え上がり、それをイヴォ達は散り散りになって避ける。

彼等はそれが狙いだったようで、それぞれに二人ずつ相手がつく。

連携を取らせず各個撃破するつもりのようだ。

「後輩虐《いじ》めは駄目ですよ、先輩方」

「世の中の厳しさを教えてあげるよ、後輩君」

向かい合うライルと男女の生徒二人。

張り詰めた空気が漂う中、先にライルが動いた。

なりふり構わず突撃するライル。

四年生二人は追い詰められた上の最後の悪足掻きかと、考えなしのライルの行動に呆れと失望を見せながら女子生徒の方が詠唱をすると、地面から土の塊が現れる。

それを突撃して来るライルに向け放つ。

目の前に迫る土の塊。当たれば確実にダメージを受けると誰でも分かるそれを、ライルは一切防ぐことなく女子生徒に飛び込んでいく。

避けようともしないライルに、当然塊は命中した。

……したはずなのだが、体にぶつかる寸前に何かに弾かれ、土の塊は粉々に砕け散った。

それを見た女子生徒は驚きに目を見開く。

ライルには防御魔法がかけられていた気配も、寸前で詠唱をして魔法を使った様子もなかったので、この一発で終わると思っていた。

予想外のことに女子生徒が動揺している隙に、目の前まで来ていたライルが風魔法をまとわせた拳《こぶし》で魔具を叩き、硝子を破壊する。

一人は撃破できたが、ほんの一瞬気を抜いた瞬間を一緒にいた男子生徒の方に攻撃され、あえなくライルの硝子が砕け散った。

土の塊が弾かれたのは、ユイがライルに防御魔法を張っていたためで、体の周りギリギリ、体にぴったりとまとわせるようにしていたので傍目には分からなかったのだ。

そして突撃する前に一瞬ライルがユイに視線を向け、土の塊が何かに弾かれる直前にユイが小さく呟いていたのを目聡《めざと》く見ていた一人の生徒が声を張り上げる。

「リーフェだ！　後ろのリーフェを先に狙え！」

即座にその言葉に反応した生徒がユイに向かって魔法を放つが、その攻撃が届く前にユイはその場から忽然と姿を消す。

「えっ……」

その生徒が呆気に取られ隙だらけになっているのをイヴォは見逃さない。

一人がユイに向かったのでイヴォについていた生徒が一人となった。その一人もユイが消えたことで注意がそちらに向かったため、イヴォは難なく視界から外れられ、呆気に取られている生徒へ後ろから風の魔法を放った。

強い風の音と共に腕の硝子が割れ、その生徒もようやく我に返る。

「あっ！」

「よしっ、いいぞ、ユイ」

そう言ってイヴォが視線を向けた先には、先程まで別の場所にいたはずのユイが飴をくわえのんびりと手を振っていた。

「まさか、転移魔法⁉」

ユイを狙うように指示した生徒が驚愕した表情を浮かべる。

転移魔法は、見える範囲にしか移動できないという制限はあるが、リーフェでなくとも覚えられる無属性の魔法だ。しかし無属性魔法は魔力の制御が難しく、慣れない内は使えても発動までに時間がかかる。

学生で、しかも一年でユイのように一瞬で発動させて使える者はほとんどいない。

しかし、動揺しつつもすぐに冷静さを取り戻した様子の生徒は、さすが四年生だけのことはあった。

一人撃破で喜んだのも束の間、イヴォは背後から魔力の気配に気が付き横に避けると、今までいた場所に火が燃え上がる。

攻撃してきたのはクロイスを相手にしていた生徒だった。

クロイスはどうしたんだと、イヴォは少し苛立たしげに姿を探して周りを見渡すと、クロイスはすでに場外へ下がっていたライルの隣にいた。

「クロー！　何地味にやられてるんだ！」

「無茶を言うな。ライルがやられたせいで、一人俺のところに加わったんだ。四年生の三人に、俺一人で勝てるわけないだろうが」

「くっ」

状況は最悪だ。イヴォは四人の四年生と相対しなければならない。

「ユイ、戦う気はないのか？」

「戦闘馬鹿の特別授業なんて危険な予感しかないから嫌」

「即答するな！　なんだ戦闘馬鹿って。元帥と総帥から教えを請えるんだぞ、滅多にない機会なんだぞ！」

「やだ」

イヴォの必死の説得も、ユイは聞く耳を持たない。

しかし、イヴォとてこのままで終わらせたくはなかった。

元帥と総帥に教わる機会など、軍とギルドに所属していたとしてもめったにあるものではない。

それが目の前の四人を倒せれば叶うのだ。

ライルとクロイスも場外からユイをその気にさせようと叫んでいるが、ユイは素知らぬ顔をしている。

「あのさぁ、もういいか？」

「ちょっと待ってくれ！」

律儀に話し合いを待ってくれていた四人の四年生の内の一人が、呆れたように試合続行を促してきたが、どうやってユイを戦わせるか頭を高速回転させているイヴォはそれどころではない。

「くっ……。これだけは使いたくなかったが……」

「クロりん？」

心の底から悔しそうに顔を歪《ゆが》め、クロイスは懐から何かの紙を取り出し、ユイに向かって見せる。

「もし勝てたらこの王都高級料理店のスイーツビュッフェ優待券をやろう‼」

その言葉にユイがぴくりと反応する。

ユイには甘いお菓子。背に腹は代えられないとは言え、甘い物好きのクロイスにとっては血涙が出そうなほどの辛い選択だ。

クロイスの意図を理解したイヴォとライルも後に続く。

「お前が行きたいって言ってた店のパンケーキを奢《おご》ってやるぞ！」

「パフェもつけるよ！」

すると、今までどうでもよさそうにしていたユイからやる気がみなぎってきたのが分かる。

イヴォ達は勝利を確信した。

「よし、試合続行だな」

「やっとか……。けど本当にいいのか？　戦えないリーフェに攻撃するなんて、虐めみたいでしたくないんだが……」

「問題ない。それに、あいつを甘く見てると痛い目を見るぞ」

「そうか。じゃあ、遠慮なく」

試合が再開され、イヴォに二人、ユイに二人といった不利な状況の中、攻撃が仕掛けられようとしたのだが、次の瞬間にはユイと相対していた二人が後方に吹っ飛び、衝撃により硝子が砕け一気に形勢が変わる。

驚く残りの四年生二人。

「なっ‼」

「おいおい、何をしたんだ。詠唱もしていないのに……。まさか詠唱破棄か⁉」

二人は詠唱する間もなく飛ばされた。

考えられるのは詠唱破棄だが、詠唱破棄など一年ができるような技術ではない。

信じられないようにユイを見ながら茫然とする。

「ただ魔力をぶつけただけです」

「ぶつけた……？」

なんてことはない、ただ魔力を一カ所に集めて放出し、それを増幅の魔法で強めただけ。

魔力を放出しただけなので詠唱も発動する時間も必要はなく、増幅の魔法は試合開始からいつでも発動できるようにしていたので、知らない彼等から見れば突然奇襲をかけられたようなもの。

なんの抵抗もできないまま一瞬で二人が脱落した。

とはいえ、今回使っていないだけでユイは詠唱破棄自体は可能なのだが、わざわざ手の内を明かす必要もないのでそれは黙っておく。

「魔法ではなく魔力自体を増幅させる。無属性魔法にそんな使い方があるのか……」

魔力をそんな風に使うユイに驚愕しているようだ。何せ彼らにとって無属性魔法とは無意味な魔法でしかないのだから。

魔力も魔法も使い方次第。

たとえ無属性しか使えなかったとしても。

「なるほど、午前中の試合は偶々《たまたま》じゃなかったってことか。甘く見ると痛い目を見る。確かにな」

二人はリーフェの認識を改めたようだ。

「なら、リーフェだろうが手加減はなしだ」

これが模擬戦だと感じさせない、実戦さながらのすくみ上がるような威圧を向けられ、彼等が最後まで残るほど実力のある人物だと実感した。

次の瞬間、二人はイヴォではなく、行動に予測がつかないユイを先に倒そうと向かってきた。

ユイが防御魔法を張るために詠唱をしようと口を開いたが、肉体強化をして速さも増した一人がユイに襲いかかり詠唱の時間を与えない。

ならばと、ユイは先ほどと同じ詠唱の必要ない魔力の放出を行ったが、難なく相殺《そうさい》された。

「タネさえ分かれば、なんてことはない。同じように魔力をぶつければ相殺できるさ」

さすがに四年生ともなれば実戦に沿った経験をたくさんしているのか、同じ攻撃に何度もしてやられる程甘くはなかった。

迫ってくる相手をユイはとっさに避けようとしたが、肉体強化をした相手の方が早く、ユイの腕の硝子が砕け散った。

肉体強化した四年生がユイを攻撃した一瞬をついて、イヴォが逆に攻撃を成功させお互い一人ずつ残ったが、イヴォは残ったもう一人の四年生により呆気なく地面に沈められてしまう。

「残念だったな。まあ、お前達なら次は勝てるだろうから頑張れよ」

勝利を確信し敗者を労る彼だったが、返ってきたのは不敵に笑うイヴォとユイの顔。

「……それはこちらの台詞《せりふ》ですよ」

その言葉に、今さら何を言っているんだという訝しげな表情を浮かべた次の瞬間、パリンッという音を立てて、彼の硝子が砕け散った。

「…………」

状況が理解できず茫然と佇む四年生の後方に向かって、ユイが手を振る。

「ばっちりよ、フィニー」

その時になり、ようやくもう一人いたことに気が付いたが、もう後の祭りだった。

彼が後ろを振り向くと、ユイと同じ一年のHクラスを示すネクタイをした少年がいたのである。

この合宿でHクラスなどという下位の生徒は、ユイとフィニーの二人だけ。

ずっと姿が見えなかったフィニーだが、実はずっとユイ達の近くにいたのだ。

周囲の景色に溶け込み姿を見えづらくする結界魔法。

それを使い、戦闘を避けながら機会を待っていた。

しかし、あくまで周囲の景色に溶け込み見えづらくするだけで、まったく見えなくなるわけではない。

魔力の気配で場所を感知できる上、よく目を凝らせば視認できる。

まだ生徒が多く残り、そこかしこで魔法を使っていた時はフィニーの魔力の気配に気付くのは難しかっただろうが、数人にまで減った状況ならばその限りではない。

実際にユイとイヴォにはフィニーのいる場所が分かっていた。

それを計算した上で、ユイは自分に意識を向けさせるために派手に振る舞っていたのだ。

先程まで戦っていた四年生達の実力ならば気付けていたのだろうが、予想外のユイの実力で意識が奪われ、周囲にまで注意を向けてはいなかった。

勝ったと思わせて、最後の最後で美味しいところを持って行く。

勝利を確信したところで呆気なく奪われた者の悔しさはひとしおだろう。

実に性格の悪いフィニーらしい作戦だ。

最後まで残っていた四年生は、茫然としたままがっくりとその場に崩れ落ちた。

第六話【呼び出し】

「やったね！　さすがフィニー君」

「ユイとイヴォが気をそらしてくれてたからね。想像以上に上手くいってよかったよ」

試合を終え、全員満足そうな顔で自室へと帰ろうとしている途中、試合に勝ち明日行われる元帥と総帥の特別授業をもぎ取ったライルの気分は最高潮に上がっており、フィニーをほめそやす。

フィニーは相変わらずにこにことした笑顔で内心は分からないが、イヴォとクロイスは平静を装ってはいても口角が引きつっている。

おそらく、溢れ出しそうな感情を必死で抑えているのだろう。本当は大笑いしながら踊り出したいほど嬉しいはずだ。

そんなイヴォ達の興奮を他人事のように見ていたユイは、ふと前方に立っていた人物を目に留め、分かりやすく嫌そうに顔を歪めた。

癖のある髪と筋肉のついた体格の野生の獣のような鋭い雰囲気を持つ男性は、ユイと目が合うと獲物を見つけたかのように不敵な笑みを浮かべ、ユイに向かって歩いてくる。

ただそこに立っているだけだというのに、まるで戦場のさなかにいるような錯覚を起こさせる圧倒的な威圧感に、イヴォ達は自然と冷や汗が浮かび背筋が伸びた。

「久しぶりだな、嬢ちゃん」

「何か用ですか」

機嫌が悪そうに不遜な態度を取るユイに、ライルは声なき声を上げる。

ユイを止めようにも、あまりに迫力ある男性を前にして、誰もが声を出せないでいる。

不用意に声を出せば食い殺されそうな恐怖が先立ち、身が竦んだ。

「冷たいなぁ、俺は会いたくて仕方がなかったってのによぉ」

「迷惑です。とっとと要件だけ話して目の前から消えてください。パパにストーカーがいるって言って退治してもらいますよ」

「はいはい、分かったよ。じゃあ、ゆっくり話がしたいからついて来てもらおうか、そっちの天才少年もな。理由は言わなくても分かるだろ。野郎共がお前に会いたくてお待ちだぜ。モテモテだなぁ、嬢ちゃん」

「……分かりました」

有無を言わせない雰囲気の男性に、ユイは舌打ちしたくなるのを我慢して大人しく従う。

逃げようと思えばできないことはなかったが、それでは一緒にいるイヴォにも迷惑がかかる上、合宿中ずっと付きまとわれる可能性が高い。

いや、確実に話を聞くまでつきまとわれる。

「イヴォ、行こう。皆は先に部屋に戻ってて」

そう言ってついて行こうとするユイを、ライルが慌てて止める。

「ちょっ、ちょっと待ってユイちゃん！」

「何？」

「あの人誰⁉　絶対ヤバイ人だよね」

「あれはギルドの総帥。いろんな意味でヤバイ人かも」

「総帥ぃ⁉」

まさかの大物にライルは大きな声を上げて驚きはしたが、全員納得顔だった。

何度も死線をかいくぐって来ただろうと思える、迫力と威圧感はただ者であるはずがない。

「なんで総帥がユイちゃんとイヴォ君を呼びに来たの？」

「多分進路の話よ。何度も勧誘に来てたけどパパが邪魔してたから、パパのいない今がチャンスだと思ったんじゃない？　いい加減諦めたらいいのにね。イヴォ、早く終わらせて帰ろう」

「ああ……」

まだ、動揺しているイヴォを連れ、総帥の後について行く。


「ほら、中に入れ。今日こそ、はいと言わせてやるからな」

口角を上げ、やる気に満ち溢れた総帥に嫌気がさしながら案内された部屋へ入り、居並ぶ人々を見た瞬間、ユイは回れ右をして逃げ出したくなった。

最初に目に入ったのは、キーレン元帥と、真っ白いローブを着て、聖職者らしく清潔感があり優しい面持ちをした教会の枢機卿。

総帥がいるならこの二人は必ず来ているだろうと予想していたが、予想外にも王と王太子の姿を見つけ、ユイは頭が痛くなった。

ベルナルトとアレクシスの後ろにはガイウスが立っている。

いくらユイが拒否しようとも、王の命令という一言でどうにでもなってしまう。

そうなれば、ユイに拒否権はない。ユイが拒否したことでレイスが宰相職を下ろされては大変だ。

実際はそんな簡単にレイスをクビになどできるはずはなく、レイスがありとあらゆる手段でもって無理強いさせはしないからユイの心配は無用だが、ユイはそうなった場合どう言い逃れようかと必死で頭を働かせながら、イヴォと共に王へ礼を執る。

そして助けを求めるように、何故かいるフィリエルを見るが、返ってきたのは苦笑のみ。

「今日の試合を見させてもらった。二人共素晴らしい戦いぶりだった」

王からの直接の賛辞に、イヴォは緊張の中に喜びを含んで、ユイは殊勝な顔で「ありがとうございます」と声をそろえた。

続いて、元帥が口を開く。

「急に呼び出して驚かせてしまっただろう。君達を呼び出したのはほかでもない、君達の卒業後の進路希望を聞きたくてな。まず、イヴォ・アルマン。まだ一年生なので何年も先のことだが、私もここにいる枢機卿も総帥も君の所属を望んでおられる。君の希望を聞かせてもらいたい」

「若輩者の私を評価していただき、とても光栄です」

と、イヴォは一礼した後、「ですが」と続ける。

「僕はまだまだ経験してみたいこと、挑戦してみたいことがたくさんあり過ぎて、今の段階では決めかねております。二年からは専門的な分野を学べる授業も始まりますので、それらを学んでみてから自分のしたいことを決めたいと思います」

王族に各機関の大物がそろう中で、イヴォはガチガチに緊張してわずかに声を震わせながらも、しっかりと自分の意思を伝えた。

その答えは元帥達を納得させるものだったようで、元帥、総帥、枢機卿は満足そうな顔をした。

「なるほど、少なくとも魔法に関わる仕事をしたいとは考えているのかね？」

「はい」

「そうか、ならばまた改めて話をしに行こう。お二人もそれでよろしいかな？」

キーレンの問いかけに、枢機卿と総帥も反論はなく頷く。

「では君との話は終わったから、先に帰ってくれて構わないよ」

「えっ。……はい」

イヴォはユイを一人残すことを心配するような視線を向けるが、反論などできるはずもなく外へと向かう。

そんなイヴォの後ろについて、気配を消してこっそり出て行こうとするユイだったが……。

「おい、どこ行きやがる。話はこれからだぞ、嬢ちゃん」

それに気付かれないはずもなく、後ろからドスの利いた声で呼び止められ、あえなく断念する。

案じるように部屋を出て行くイヴォを見送ると、ユイは振り返って居並ぶ権力者達に気圧《けお》されないようお腹に力を入れる。

「さっそくだが……」

「嫌です」

キーレンが本題に入る前に、ユイは先回りして拒否を示す。

キーレンは思わず苦虫を噛み潰したような顔になった。

「……まだ何も言っていない」

「言わなくとも分かります。これまでに何度も何度も言いましたが、軍にも教会にもギルドにも入りません。祖父の店を継いで、平凡な旦那様をもらって平凡に生きていきます」

平凡な旦那様というところでフィリエルが動揺したが、幸いにも気付いたのは側にいたベルナルトとアレクシスとガイウスだけだった。

「だから、店をしながら所属するだけでもいいって言ってるだろうが」

「ええ、総帥がおっしゃるように、普段は店で働いて、週に一度ほど教会に顔を出してもらえれば構いません」

ユイもだが、総帥と枢機卿も決して引かない。

過去何度もしたやり取りに、早くもユイは嫌気がさしていた。

「それだけで給料ももらえるんだ。こんな好条件な話、普通ならあり得ないぞ」

誰もが諸手を上げて受け入れるような好条件だが、ユイは頑なに首を縦には振らない。

「他に何が望みだ。ギルドでできる限りの希望を聞こう」

「教会も同じです」

ギルドと教会という機関は総帥と枢機卿の権限が強くあるが、国に仕え、法と規律のある軍では不用意な発言はできないため、キーレンは今のところ傍観に徹している。

「じゃあ、二度と目の前に現れないでください」

「却下だ」

総帥が食い気味でユイの言葉を否定する。

「今できる限りと言ったじゃありませんか。自分の言葉には責任を持ってください」

「もっとあるだろう！　金とか地位とか貴重な魔具とか」

「興味ありません。だいたい、生活に不自由ないほどに父が身の回りの物をそろえてくれますし、高い地位は責任が生じて面倒臭いし、魔具は授業で習えば自分で作れる自信があります」

ばっさりと切り捨てるユイに、誰も何も言えなかった。

確かにユイの父親のレイスは宰相で財力も当然あり、お金には困らないだろう。

しかも学生時代に小遣い稼ぎで友人と始めた共同経営の貿易会社が大当たりし、かなり稼いでいたりする。

そして、ユイの才能は疑いようもなく、言う通り、魔具も簡単に作ってしまうだろう。

つまり、現状でユイを釣る餌を用意できないということだ。

「それに、週に一度顔を出せばいいだけと言いますが、所属した以上は何かしら働く義務が生まれるんではないですか？　上手いことを言って、いたいけな少女を騙そうなんて酷いと思わないんですか」

これには、枢機卿と総帥の目が泳ぐ。

所属して給料をもらう以上、働く義務が発生する。ただ顔を出すだけで済むはずがないのだ。

最初は顔を出すだけと言っておいて、後になってから、所属しているのだから最低限の仕事はしてもらわないと困るとでも言ってユイを働かせるつもりでいたのだろう。

「ちっ、普通の十六歳の子供なら簡単に飛びつくのに」

企みがバレて不機嫌そうに舌打ちする総帥に、怒りたいのはこちらの方だと、ユイは非難するような視線をぶつけると、それに気付いた総帥はばつが悪そうにする。

「いや……。騙そうとしたのは悪いとは思う。まあ、少しだけ……。それでも、どんな方法を取ってでも手に入れたいと思うだけの価値がお前にはあるんだ。それを何故生かそうとしない。何故自らその他大勢に埋もれようとする？」

ギルドは実力至上主義。

総帥は己の実力だけで総帥に上りつめた。

力は示してこそ意味があるという意識を持っている。

ユイの才能を純粋に評価しているからこそ、それを隠そうとするユイの考えが理解不能なのだ。

いつものどこか軽さを含んだ話し方とは違い、いつになく真剣に話す総帥にユイも真剣に答える。

「総帥には感謝しています、元帥にも枢機卿にも。私をそれほど評価していただいて。そして……私の存在を公《おおやけ》にせず騒がずいてくれて。でも、だからこそ私が拒否する理由も分かるはずです」

本来ならば、総帥に元帥に枢機卿という大物自らが足を運び勧誘したとなれば、瞬く間に噂になりそうだが、それを知っているのはごくごく身近な者達だけだ。

学園でも一切話に出たことはない。

それは彼等が大事にならないように配慮して、ユイの存在が明るみに出ないようにしてくれているからだ。ユイを横からかっ攫われないためでもあるが、何より危険性を十分理解しているというのが大きい。

勧誘に来る者は、総帥達のようにユイの意思を尊重し、我慢強く交渉してくれる者ばかりではないはずだ。中には権力や力に物を言わせ非道な方法を使い、力ずくで従わせようとする者や、プライドばかり高く、断ったことで逆恨みをする者達もいるかもしれない。

ユイのように才能のある者ならなおのこと、面倒事に巻き込まれる可能性が大いにある。

ユイに危害が及ばないように、三人はユイの存在と自分達が交渉しているという情報が外に漏れないよう隠してくれていた。

しかしそれは、隠す必要があるほど、ユイの才能が面倒事に巻き込まれやすいという証でもある。

「私は面倒事が嫌いなので、静かに暮らしたいんです」

「だからこそ、軍か教会かギルドのどれかに所属するべきではないか？」

「ええ、この実力も権力もある三つの機関相手に下手な真似をする者はいないでしょう。面倒事を避けたいあなたにとって、自身を守る盾になりますよ」

元帥、枢機卿は利点を話してユイを引き込もうと必死だが、それだけではないことを理解しているユイは、それに惑わされたりはしない。

「確かに、手は出しづらいでしょう。……ですが、絶対ではない。所属すれば私の力を知る者が増え、危険を冒してでも強硬手段に出ようとする者は必ずいます。そうなった場合どうするのですか？　小娘一人を守るために、そのつど組織は動いてくれないでしょう？」

すごい自信だが、誰一人訂正する者はいない。

危険を冒すだけの価値がユイにはあると全員が思っていた。

そして、ユイの言う通り、なんの地位もないただの職員の一人を四六時中守ることなどできるはずもない。

入ったばかりの新人一人を優遇していると分かれば、必ず内部から不満が出てくる。

「危険を冒すより、ひっそりと生きる方がずっと安全です」

意志の変わらないユイに、総帥も呆れ顔だった。

「年寄りみたいなこと言ってんなよ。情報はできる限り外に出さないようにするから、とりあえずどこかに入っとけ。問題が起きたらそん時だ。ガキらしくもっと気楽に考えてみろよ」

これだけ完全拒否してもへこたれない総帥。元帥と枢機卿も、どうにか岩のように固いユイの考えを変えさせる手はないかと頭を働かせていた。

これ以上は押し問答を繰り返すだけだと、だんだん面倒臭くなってきたユイは、レイスから預かっていたお守りをポケットから取り出した。

それはお守りと言う名の三通の手紙。

どうしようもなくなったら彼等に渡すようにとレイスから渡されていた物だ。

「これをどうぞ」

ユイは元帥と枢機卿と総帥それぞれに手紙を一通ずつ渡していく。

「なんだ、これは」

「父が皆様に宛てた手紙です」

魔王からの手紙……。なんと不吉なのだろうか。

手元にある手紙を見て、三人は顔を引きつらせた。

本当はベルナルト宛ての手紙もあったのだが、ベルナルトは傍観に徹していたので渡さなかった。

それを知らないベルナルトは自分の分がなかったことにほっとしていた。

恐る恐る手紙を開いた瞬間、三人は絶句した。

何が書かれているのかユイは知らなかったが、顔色の悪い三人を見ると、それなりの脅し文句が書かれているのかもしれない。

元帥、総帥、枢機卿という大物を青ざめさせるとは、やはり魔王。味方だと大いに助かる。

「それで、まだ話し合いを続けますか?」

ユイの問いかけに、誰一人声を発する者はいなかった。

キーレンはなんとか現状を打開しようと、懇願の眼差しを最高権力者に向けたが……。

「残念だが、レイスに辞職されては困るからな、すまん」

ここにもすでに魔王の手が回っていたようで呆気なく撃沈された。


レイスの邪魔で意気消沈して三人が退席し、部屋にはユイとベルナルト、アレクシス、フィリエル、ガイウスのみとなった。

「先程、お前はただの小娘は守れないだろうと言ったな」

「はい」

「確かに国に仕えた場合、伯爵の娘であろうと特別待遇は無理だが、王族と結婚すれば王族に名を連ねることになる。王族には護衛が付くから四六時中国が守ってやれるぞ。王族に手を出そうとする馬鹿は少ないだろうしな」

人の悪い笑みを浮かべるベルナルトにテオドールの面影を感じつつ、総帥達の前でも無表情で冷静な態度を貫いていたユイが激しく動揺する。

「そっ、その件は、ちゃんと本人にお断りしていますので……」

「俺は諦めたなんて言ってないぞ」

しれっとフィリエルが追い打ちをかける。

大声で抗議したかったが、王の前で不敬になるような行動はできないと、恨みがましい視線をフィリエルに投げかける。黙っていてくれという思いを込めて。

「まあ、それはフィリエルに頑張ってもらうか」

「はい、お任せください、父上」

ユイへ向けられる周囲からの生温かい視線にいたたまれなくなる。

フィリエルから求婚されていながら断っているという複雑な間柄が、王にまで伝わっている。

王子の相手となれば、親としても王としても承認が必要になるので、フィリエルが話しているのは当然なのかもしれないが、恥ずかしさが込み上げた。

「あのっ！　私を残したということは何かご用がおありになったからでは？」

この話題から逃れたかったユイは少し、頬を紅潮させながら話を変える。

先程まで、ガーラント国内でも上位の権力者相手に堂々と話していた時とは打って変わって、うろたえるユイの様子にベルナルトだけでなく、アレクシスやガイウスも吹き出しそうになっている。

「ああ、そうだったな。実は先日教えてもらった構築式のことで問題があって、聞きたいことがあるのだ」

「お渡しした資料に間違いでもありましたか？　きちんと直せていたと思いますが」

ユイのように独学で学んだ者は構築式にクセがあったりする。

さらに、研究者は紙に書いて残す際に、他者に研究内容を盗作されるのを防ぐため一部を暗号のようにして、自分にしか分からないように残すことが多い。

しかし、ユイは研究資料を渡す時に、誰にでも分かるようきちんと直して渡したので問題はないはずだ。

どこかに取りこぼしがあっただろうかと記憶を手繰り寄せる。

「いや、渡された資料自体は何も問題はなかった。問題だったのは、それを使う人材だ」

「人材ですか？」

ユイは言っている意味が分からず首を傾げる。

「軍で魔力操作の能力が高い者に、この魔法を使用してもらったのだが、上手くいかなくてな」

魔法を使ったのは王宮でも魔力操作に定評がある青の部隊長だった。

彼は王宮でユイがアレクシスを治した際に使った、他者の魔力を制御する魔法のことを知り、ユイに会おうとしたが、レイスが許さなかった。

それでも機会を窺っていたのだが、王からユイのことを口外しないよう厳命されてしまう。

知識欲の塊のような彼は納得できず大騒ぎ。

元々、魔法を使えるだけの魔力操作能力の高い者を探していたので、ユイから開示された魔法を教えることで納得させたのだ。

しかし、王宮でも一、二を争う魔力操作能力を持った青の部隊長でも、上手く使えなかった。

ユイは簡単にこの魔法を使っていたため、青の部隊長がこれほど苦戦するとは思わず、ベルナルトとアリシアはがっくりと肩を落とした。

特に、前回は体調により仲間に入れなかった、アレクシスの落胆ぶりはひとしおだったらしい。

「お前はどうやって、そこまでの魔力操作を覚えたのだ？　可能ならコツを教えてもらいたいのだが」

　どう、と言われてもユイには上手く説明できない。

「私の場合、リーフェですので、扱いの難しい無属性魔法を使うために、小さい頃から魔力制御を集中的に特訓したおかげではないでしょうか？」

　ユイが魔法を勉強し使い始めたのは本当に幼い頃だった。

　普通魔法を学ぶのは初等学校に入るぐらいからだが、ユイはそれよりもずっと前から、魔力制御の難しい無属性魔法を使うべく制御の特訓を始めていたので、学習能力の高い子供の頃に早めに始めたのがよかったのではないかと思った。

「しかし、それならばフィリエルでも可能なはずだ。物心ついた頃には、父上が厳しく魔力制御を教えておられたからな。だが、フィリエルでも無理だった」

　確かにベルナルトの言う通り、早ければいいのであれば、フィリエルの右に出る者はいないだろうというぐらい、フィリエルが魔力制御の訓練を始めたのは早い。

　泣いたり怒ったり感情を爆発させるだけで周囲の物が壊れていくので、早急に制御を覚える必要があったからだ。

　そんなフィリエルがユイの作った魔法を使っても、結果は青の部隊長と似たり寄ったりだった。

　しかし、それ以上ユイには何も言えない。

　なんとなくこうするものだという感覚があるが、それを口頭で説明しろと言われると非常に難しい。

「お力になりたいのですが、感覚的なものですので、口では説明しづらくて……。お力になれず申し訳ございません」

ユイは眉を下げた申し訳なさそうな表情で謝るしかできない。ベルナルトも残念そうにする。

「むぅ、そうか。では、代わりにその魔法効果を付与した魔具を作ってはもらえぬか？　青の部隊長が特訓しておるが、いつになるか分からないからな」

ベルナルトの注文に、ユイは再度申し訳なさそうにする。

「申し訳ございません、陛下。私では魔具をお作りすることはできません」

「何故だ⁉」

断られると思っていなかったベルナルトの語気が少々強くなる。

王宮に呼ばれた時、始終ユイはフィリエルを気にかけ、最後には貴重な構築式まで開示したので、今回もフィリエルのためなら協力をしてくれると思っていたのだ。

「そうか、金か？　もちろん相応の報酬を用意するぞ」

ユイが金銭目当てで出し渋っていると思っているようだ。

そんなベルナルトの早とちりをユイは慌てて正す。

「いいえ、違います。私はまだ学園の一年生ですので……」

「それがどうしたというのだ」

意味が通じていないベルナルトに、横からアレクシスが苦笑しつつ助け船を出す。

「父上。魔具の作成は二年生以上になって選択授業を選んで作成許可を得なければできません。まだ一年生の彼女は作りたくとも不可能ですよ」

「おお……そうか、そういえばそうであったな。どうやら早合点をしてしまったようだ、すまぬ」

「いいえ、とんでもございません」

自身の不明を素直に詫びるベルナルトには好感が持てるが、王に謝られたら庶民意識の高いユイは恐れ多くて胃痛を起こしそうだ。

魔具の作成には魔法の暴発などの危険が伴うので、試験に合格してある一定の知識と魔法制御があると認められ、魔具を作成してもいいという許可を得ることが必要になる。

許可を得る方法は二つ。

魔具作成専門の養成学校で学ぶ方法。

もう一つは、魔法学園で二年生以上から受けられる選択授業で魔具の授業を選び、必要な知識を得る方法。

ユイは二年生にならなければその授業を受けられない。

しかも、最初は魔具の知識を勉強するだけで、作成できるようになるまでは数年かかってしまう。

許可も得ず作成してしまえば、罰則として学園を退学になる。

少し厳しい罰かと思えるが、魔法が暴発した場合の危険性を考えると、厳しいぐらいでちょうどいいのだ。

「そうか、まだ一年生だったな……」

しみじみ感じ入るように、ベルナルトはユイを眺める。

あまりに豊富なユイの知識と自分や総帥達を前にしても臆さない堂々とした態度のせいで、すっかり忘れていたが、息子のアレクシスとフィリエルよりずっと年下なのだ。

「ならば仕方がないな。では、魔具が作れるようになったあかつきには、魔具を作成してもらえるだろうか？」

「はい、お任せください」

迷わず受けたユイの答えにベルナルトは満足し、話し合いは終了となった。

部屋を退出したユイは深く息を吐き出した。

「疲れた……」


「父上、いかがでしたか？」

ユイが去った部屋で、フィリエルは緊張を滲ませた顔でベルナルトに問いかける。

今回ベルナルトが合宿に見学に来たのは、ユイに魔具の作成を頼むためでもあるが、一番の目的はユイがフィリエルの妃として相応しいか見極めるためだった。

フィリエルは現在、王位継承権第二位。

もしアレクシスに万が一のことがあった場合や、子を授からなかった場合などには国王として立つ可能性がある。

それだけでなく、アレクシスと妃の間に女児しか生まれずフィリエルとその妃の間には男児が生まれた場合、ガーラント国の法では男児にしか継承権がないので、その母は国母となる可能性もある。

好きという理由だけで結婚相手に認めるわけにはいかなかった。

「そうだな、あれだけの権力者を前にして物怖《ものお》じせず話せる者は少ない。特にあの総帥相手に呑まれずに意志を貫けるのは賞賛に値するな。見目も頭もいいし、そして幼少期は伯爵家で育っただけあって、立ち居振る舞いも綺麗だ。多少目につく所もあるが、基礎はできているから今後の教育次第でよくなるだろう」

フィリエルは固唾をのんで答えを待つ。

「いいだろう。もし彼女からよい返事がもらえたなら、婚約者として認めよう」

「ありがとうございます」

ベルナルトに認められ、フィリエルはほっと安堵の表情を浮かべる。

「後一つ問題があるのは、あの標準装備の無表情だが……。まあ、アリシアがなんとかするだろう。ずっと娘が欲しいと言っていたからな」

その時全員の脳裏に、嬉々としたアリシアと、玩具にされげっそりとしたユイが浮かび上がり、しばし沈黙が落ちた。

気を取り直して、フィリエルは真剣な表情で父と向き合う。

「つきましては、以前に話が出ていたエリザとチェンバレイ侯爵令嬢との婚約の件を正式に断ってください」

「まだユイからいい返事をもらったわけではないだろう？」

「必ずユイを納得させますので必要はありません」

こうもはっきりと言われたら、ベルナルトもそれ以上言うことはない。

「そうか、分かった。まあ、エリザに関しては、アリシアとイライザが反対していたからな、元々話を進めるのは無理だっただろう」

イライザはフェイバス公爵夫人で、エリザの母親アリシアとは親戚の関係にある。

二人は昔から、まるで姉妹のように仲がよく息ぴったりで、今回の婚約話に二人共猛反対していた。

「そうなのですか、一体何故？　エリザは王族の妃としてなんら不足はないと思いますが」

アレクシスの疑問に、ベルナルトは何かを思い出したのか、どこかげんなりとしている。

「さあな。私が聞いてもあの二人は口をそろえて、これだから男は鈍感で女性の機微に疎《うと》い、と怒るだけで詳しい理由を話さんのだ。お前達は何か知っているか？」

「私は何も。フィリエルは知ってるかい？」

「いえ」

アレクシスがフィリエルに視線を向けるが、フィリエルにも分からず首を横に振る。

「すべて片がついたら、改めて聞いてみるか。そうそう、フィリエル。……最後に一つ聞いておかねばならないことがある」

急に真剣みを帯びたベルナルトの雰囲気に、何か重大なことだろうとフィリエルは姿勢を正す。

「彼女の好きな物はなんだ？」

「……は？」

身構えていたというのに、出てきた言葉があまりに予想外で、フィリエルは一瞬ベルナルトの言っている意味が理解できなかった。

「今のところ、彼女が私の娘になる可能性が高いだろう？」

「はあ……まあ、そうですね」

「私だってアリシアと同じで娘が欲しかったのだ！　ぜひ彼女にお父様と呼んでもらいたい‼」

ベルナルトは普段は見せない熱意で力説する。

「だが、彼女は私の前では始終緊張しているようだ。しかし、フィリエルや父上にはそれは可愛い笑顔を向けていた。ようは慣れだ！　好意を持ってもらうには贈り物が一番だろう？　レイスの方が好みを知っているかもしれないが、レイスに『未来の娘に気に入られるための贈り物は何がいい？』と聞いて答えるはずがない。言ったが最後、仕事を放棄したあげく、フィリエルの身が危険になる」

フィリエルとガイウスが呆れた視線を向ける中、アレクシスは「妹か……」とどこか嬉しそうにしていた。

翌日、試合に勝ち残った二グループへのご褒美で、元帥と総帥による特別授業が朝から行われていた。

授業を受けられない生徒達からも、せめて見学だけでもしたいという声が多く上がったが、集中力が切れるからと元帥と総帥が拒否し、この場にいるのはフィリエルとユイのグループの者達と、ベルナルトとアレクシスとガイウスと枢機卿と教師代表のバーグのみとなっている。

「遅い！　もっと集中して、最後まで魔力をしっかり安定させろ！」

「はい！」

イヴォ達一年生組が順番に総帥から指導を受けている。

口の悪い総帥はしきりに怒鳴りつけているが、怒られている本人達はいたって嬉しそうにしていて、怒っている総帥の方がやりにくそうだ。

そこから少し離れた場所では、セシルが元帥から指導を受けていた。

学園では飛び抜けて優秀なセシルだが、さすがに経験値が遥かに違う元帥から見れば、まだまだ未熟のひよっこ同然。

しかし、元帥にしても、教えられたことをすぐに覚える学習能力の高い優秀なセシルは教えがいがあるようで、軍での訓練さながらに厳しい熱の入った指導をしている。

普段学園で褒められることはあれど、貶《けな》されるほどに叱られるという経験はないであろうセシルの叱咤されている珍しい光景を、普段やんちゃが過ぎて何かと叱られているカルロが興味深そうに見ていた。

そんなカルロの側で同じく見学していたフィリエルが声をかける。

「セシルがあそこまでバッサリと切られてるのも貴重だな。学園では優等生で、教師達から何かを言われることもないから」

「本当だよな。まあ、本人は楽しそうだからいいだろ。それより、フィリエル達は指導してもらわなくていいのか？」

「ああ、俺達は普段から近衛隊長や大元帥直々の訓練を受けているからな」

「なんて羨ましい……って言いたいところだけど、その顔見たら、なぁ……」

フィリエルと、フィリエルの話を聞いていたルカとジークがそろって、羨ましさとはほど遠い浮かない顔をしていた。

「お前も軍に入れば分かる。大元帥は時々軍の指導に来られるが、終わった後は地獄絵図だ。お祖父様と、たいして変わらない年齢なのにまだまだ現役……いや、若者より元気だからな。軍に入るなら覚悟していた方がいいぞ」

「あんまり、聞きたくなかった……」

「ところでユイはどこだ？」

「ほら、あそこだ。朝、総帥が直々に迎えに行ったから逃げそびれて、ずっと機嫌が悪いんだよ」

カルロが指差す隅の方には、ふて腐れているように見えるユイがいて、その様子にフィリエルは苦笑を浮かべる。

「確かに見るからに機嫌が悪いな」

くっくっと笑うフィリエルの側で、ルカは目を細める。

「そうですか？」

表面上は無表情で分かりづらいため、ルカとジークには普通に見えたが、フィリエルには手に取るように分かった。

「総帥は何がなんでもユイをギルドに入れたいようだな」

「ユイは店を継いで平凡に暮らしたいと言い張ってるけどな」

「させるかっ」

「やる気があるのはいいけどさ、気をつけた方がいいぞ。父さんの情報だと、どうやらすでにユイに告白した奴が何人もいるらしい」

「なんだと⁉」

さらっと告げられた恋敵《がたき》の存在に、フィリエルは激しく動揺する。

「まあ、ユイは全部断ってるみたいだから大丈夫だろ」

少し脅かしてやろうという軽い冗談のつもりで話をしたのだが、それは予想以上の効果を発揮したようで、しばらくの間フィリエルは呆然と立ち尽くしていた。

一方、ずっと遠目に授業風景を眺めていたユイだが、突然総帥がユイの方を向いて、ニヤリと獲物を見定めた猛獣のごとく笑ったのを見た。

どうやらイヴァ達四人の指導を一通り終えたようで、次はお前だと言っているのだろう。

普通の指導を受けるだけならばなんら問題はないのだが、ユイは嫌な予感がしてならない。

警戒しながら近付いていくと、総帥はイヴァ達に離れるよう指示を出す。

そして、イヴァ達が離れると、青色の球体を取り出し空に投げた。

球体が放物線を描き地面に落ち、硝子が割れた時のようなパリンという音を立てて砕けた瞬間、総帥を中心にドーム状の結界が張られた。

突然現れた結界に、自然と周囲の視線が集まる。

元帥とセシルも、手を止めユイ達に視線を移す。

嫌な予感が当たり、ユイはすぐにこの場から逃げようと結界の外に出ようとしたが、結界が壁のように立ちはだかり、それ以上前には進めなかった。

思わず舌打ちしそうになりながら試しに魔力をぶつけてみるが、弾かれることなく結界に吸収されていく。

どうやら、外からだけでなく、中からの干渉も防ぐ魔具のようだ。

これは、競技場でも使われていた、魔法や魔獣を外に出さないようにするための結界を魔具にしたもので、使用者である総帥が解除しない限り、ユイは外に出ることができそうにない。

ユイは総帥をぎろりと睨む。

「なんのつもりですか？　指導するだけなら結界なんて必要ないでしょう」

「指導なんてするつもりは最初からねえからな。前からお前と手合わせしたいと思っていたんだ。素直に言っても逃げるだろう？」

「当然でしょうが。戦闘馬鹿のあなたと戦うなんて大金積まれても嫌ですよ」

「そう、つれないこと言うなよ。楽しもうぜ」

心底戦うことを喜び、獲物に食らいつくその瞬間を今か今かと待ち望んでいるようなぎらついた眼差しは、とても常人には出せない危険人物の香りがぷんぷん漂っている。

これがギルドを取りまとめる総帥だということが、祖父の跡を継ぎたい云々ではなく、ギルドに入りたくない理由の一つだということに、いい加減気付いてほしいとユイは思う。

総帥は戦う気満々だが、ユイは断固拒否だ。

そもそも、実力主義のギルドにおいて頂点に立つ総帥と、学生にしては強いとは言え、まだまだ経験の浅いユイが戦ったとしてユイに勝ち目があるはずがない。

「安心しろ、最低限の手加減はしてやる」

戦闘馬鹿相手にどう安心すればいいのか、はなはだ疑問だが、一度手合わせしなければ解放してくれそうにない。

適当に合わせてさっさと負けよう。

そう考えていたユイだったが、総帥の周りに集まる濃密な魔力の気配に、背筋が凍るような悪寒を感じ、咄嗟に防御魔法を全力で張った。

防御魔法が張られるとほぼ同時に、凄まじい衝撃がユイを襲う。

防御魔法を張っていてもなお防ぎきれないその威力に、ユイの体は後方にはじき飛ばされた。

次いで全身に襲ってくる衝撃と痛みに、呻《うめ》くような声が漏れ出る。

「つっ……うっ！」

ユイの体は滑るように地面を転がり、いたる所に擦り傷を負い、制服は土で汚れてしまった。

痛む体で立ち上がると服に付いた土埃を払い、魔法で傷を治しながら、静かな怒りを元凶である総帥に向ける。

「正気ですか？　こんな魔法を学生に使うなんて、殺す気ですか？」

「しっかり防御しておいてよく言うぜ」

「しなければ、私は今頃血まみれでその辺に転がっていますよ」

総帥は詠唱破棄で突然攻撃してきたのに加え、その威力はとても未熟な学生に使うような強さのものではなかった。

もし、ユイが詠唱破棄できず防御魔法を張るのが遅れていたら……。

もし、危険を察せず、防御魔法を張っていなければ……。

下手をしたら命が危なかっただろう。それほど危険で強い攻撃魔法だった。

それをなんの躊躇もなく使ったのだ、見ていた者達全員が驚愕した表情を浮かべている。

一番先にフィリエルが、一瞬遅れてカルロとセシルが止めようと近付くが、張られた結界に阻まれる。

「くそっ、駄目だ」

「どけっ、カルロ！」

カルロが結界を壊そうと魔法を放つが、吸収され傷一つつかない。

それを見たフィリエルが、自分ならばと結界へ向け魔法を使おうとしたが、元帥が慌てて止めに入る。

「いけません、殿下！　あなたの力では、結界は壊せても中の二人まで巻き込んでしまう可能性があります！」

「くっ！」

だからといって、弱い力では結界は壊せない。

フィリエルは手を出せない悔しさにぎりっと歯噛みする。

そんな騒ぎの中でも、アリシアに似て物事に動じないアレクシスは、のんびりとした声で隣にいるベルナルトに声をかける。

「父上、さすがにあれはまずいのでは？　彼女と総帥の戦いにはとても興味を引かれますが、私達が近くにいながら総帥の暴挙を止めなかったと宰相閣下の耳に入ったら仕事を放棄されてしまいますよ。さらにはこれで彼女が大怪我を負ってしまった場合、総帥だけでなくギルドまで報復されて潰されるやも……」

アレクシスに言われるまで、その可能性に思いいたらなかったベルナルトは顔面蒼白になる。

このままでは、国の中枢だけでなくギルドも機能を停止して、国内は大混乱だ。

「それはまずい、非常にまずいぞ！」

非常事態を避けるべく、ベルナルトは息をすべて吐き出さんばかりの勢いで叫ぶ。

「総帥！　すぐに結界を解くのだ！　私では奴は止められん、このままではギルドも大変なことになるぞ、よいのか⁉」

ベルナルトの叫びが総帥に届くと、総帥はほんの一瞬硬直したのち、頭を抱えて唸《うな》りだした。

先ほどまでの獰猛《どうもう》さはなりを潜め、そこには、何やら激しい葛藤が見え隠れする。

ユイと戦いたい気持ちと、ギルドへの報復の心配とで天秤が左右に大きく揺れているのだろう。

しばらく悩んだ末、やはりギルドの最高責任者として影響が出るのはまずいと考えたのか、あっさりと結界を解いた。

総帥が戦う意思をなくしたので、ハラハラしながらなり行きを見守っていた者達はようやく表情を緩める。

「総帥なら、それがどうしたと言って強行するかと思いましたけど？」

ユイは素直に総帥が引き下がったことが驚きだった。

「あの魔王だけは敵に回さないと決めている」

「そうですか」

歴戦の戦士である総帥にここまで言わせるとは、一体レイスは過去に何をやらかしたのかと、聞きたいような聞きたくないような、ユイは複雑な気持ちになった。

「仕方ねえ、戦いは止めてちゃんと指導してやる」

「リーフェの私では色々と扱いが違うと思いますけど？」

「リーフェだろうが魔力を使っているのは同じだろう。それに、俺だって無属性魔法は使える。試しに俺に向かって、なんでもいいから攻撃魔法を使ってみろ、もちろん全力でだ」

「使ってみろと言われても……」

いくら総帥が強いと分かっていても、人に対して手加減無しに攻撃魔法を使うのは気が引けた。

「俺を誰だと思ってやがる。ギルドの総帥様だぞ。それに万が一大怪我しても、枢機卿がいるから大丈夫だ」

戦闘に優れた者が多いギルドと違い、教会は治癒魔法に優れた者が多い。

中でも枢機卿は教皇に継ぐ実力者だと言われていて、普段人前に出ない教皇に代わり多くの実務をこなしているほど、誰もが認める高い治癒魔法の能力を持っている。

「まあ、確かに枢機卿がいらっしゃれば安心ですけど……。本当にいいんですよね？」

「おお、気にするな」

ユイは総帥に向かって魔法を放とうとしたが、そこで少し考え込む。

このまま無難な魔法を使って早く終わらせるのもいいが、先ほど総帥から受けた攻撃に対する怒りが残っていたユイは、なんだかもやもやと気分が晴れない。

少々驚かせるぐらいしても文句はないだろうと、総帥への意趣返しを決めたユイは、ポケットからフィリエルに贈られたエルフィーの花が刻まれたライターを取り出すと火を点《とも》し、最初に考えていたものとは違う魔法の詠唱を始めた。

「……はっ？　お、おい、ちょっと待て、その詠唱は……」

ユイの詠唱を聞くと、総帥は動揺を顕《あら》わにする。

他にも、ユイが口にする詠唱の内容を知っている一部の者は総帥同様驚いているが、ユイではその魔法は発動しないと思っており、ユイの意図が分からず困惑しながら、何もせず立ち尽くしていた。

しかし、フィリエルとセシルは他の者達とは別の意味で驚愕し、大慌てで自分達の前に防御魔法を張った。

総帥の様子に、意趣返しは成功したとユイは内心でほくそ笑みながら、火が点いたままのライターを持っている手を横に振り切る。

すると、ライターからの火が意思を持ったように動き出し、そこにどこからか吹く突風が合わさると、大きな渦を巻きながら総帥へと襲い掛かったのだ。

見学していた者達は、離れていてもじりじりと焼けるような熱を感じたが、フィリエルとセシルが張った防御魔法によりことなきを得た。

直撃を受けた総帥も寸前で張った防御魔法と特別製の防具の性能により無事だったが、その顔は険しく、眉間に深い皺を寄せている。

「おい、殺す気か！」

「その前に人を殺しかけた人に言われたくありません。全力でいいと言ったのは総帥でしょうが。それに、一応手加減はしましたよ」

総帥は口元を引きつらせる。

「あれで手加減……。いや、そうじゃない！　今のは火と風の複合魔法だな、間違いないな⁉」

「そうですよ」

複合魔法は火と風のように二種以上の属性を合わせた魔法のことで、広域魔法以上に難易度の高い魔法だが、今総帥が驚いているのはそれではない。

「お前はリーフェだろ！　何故無属性以外の属性魔法を使っている⁉」

「そんな恐い顔で凄んでも駄目です。簡単に手の内をばらすと思いますか？」

一般人ならば、聞かれていなくてもすべて自白しそうな迫力満点の顔の総帥だが、生憎《あいにく》何度も目にしているユイは免疫がある上、彼が力でどうこうするような人間ではないと知っているので、今さら怯えたりはしない。

「お〜ま〜え〜は！　今自分が何をしたか分かってるのか⁉　お前は脈々と受け継がれてきた魔法史の概念を覆《くつがえ》したんだぞ。それがどれだけ大変なことか分かってるのか！」

「もちろん分かっていますよ」

リーフェは無属性以外の魔法を使えない。

それはこのガーラント国内に限らず、この世界では子供でも知っている常識。

遥か昔から言われ続けていることであり、実際にどのリーフェも無属性以外の魔法を使えなかった。

決して覆ることのない世界の不文律。そう、言われてきた。

過去形となっているのは、今まさにユイがその常識を覆してしまったからだ。

もしこれが外部に漏れれば、総帥達がそろって勧誘に来るどころの騒ぎでは済まない。

各研究機関からの勧誘は間違いなく。

総帥ですら今後のユイの立場を考え恐れを感じているというのに、当の本人はまるで分かっていないかのように危機感を抱いていない。

「分かってねえだろ！　もし、俺が誰かに話したらどれだけ大事になるか。お前は面倒事が嫌いで、のんびりパンを焼きたいんじゃなかったのか？　だいたい俺は嬢ちゃんをギルドに勧誘してるんだぞ、そんな人間の前でこれ以上自分の価値を高めてどうする！」

「話すんですか？」

そう、ユイに冷静に問われて総帥はたじろぐ。

「い、いや。そんなことはしないが……」

「でしょうね。総帥は、大事になると分かっていて口外するような人ではないと思います」

この場にいる者達は、ユイの兄に友人。

そして、その気になれば力ずくが可能な権力と地位がありながらユイの意思を考慮し、わざわざ情報を隠してくれるような配慮ある行動をしてくれる大人達で、口止めをすれば外に漏らさないと断言できるだけの信用があった。

バーグとて、王達が話さないことを口外するような命知らずな真似はしないだろう。

「勧誘されるのはうっとうしいですが、信用していますから」

媚びているわけではない、純粋にそう思っていると分かる眼差しに、総帥は少し気恥ずかしさを感じたが……。

「まあ、練習する機会が少なかった上に、ちょうどいい打たれ強そうな実験台がいたから、試したかっただけなんですけど」

「おいっ」

人に見られてはならないため、効果範囲が広い魔法は練習する機会がほとんどなかったので、万が一力加減を失敗した時を考え、殺しても死にそうにない頑丈な実験台で試してみたかっただけだった。

「……それでどうやった？」

「だから、手の内を簡単に明かすわけがないでしょうとさっきも言いましたよ」

「だが口止め料は必要だろ。……なあ、枢機卿？」

総帥が口角を上げ、枢機卿を巻き込む。

「そうですね。ただ単に黙ってくれでは、何かの拍子にポロッと話してしまうかもしれませんね」

聖職者に相応しい毒のない綺麗な笑顔だが、内容は立派な脅しだ。

やはりしくじったかもしれないとユイは後悔したがもう遅い。

「分かりました。その代わり絶対に口外しないでください。研究は好きですけど、騒がれるのは好きじゃないので。……巻き込んでしまって申し訳ありませんが、陛下と王太子殿下もこの場でのことを口外しないと誓っていただけますか？」

レイスが恐いので口外する気などなかったベルナルトとアレクシスは素直に頷き、続いて元帥とバーグにも了承させると、説明をするためユイは再びライターを取り出す。

元々、ユイは魔法の説明を条件に口止めするつもりでいたので話すことに問題はなかった。


ユイが、リーフェでも無属性以外の属性を使えるのではと思ったのは、もう何年も前だ。

無属性しか使えないとどの書物にも常識として書かれていても、他属性を使っている兄達を目にして過ごしていた幼少期のユイには納得ができず、ひたすら無属性以外の属性を勉強していた。

しかし、どの書物を読もうともリーフェには使えないという記述しかなく、いくら構築式を勉強してそこに魔力を込めようとも魔法は発動しない。

屋敷にあった魔法書をすべて読み切っても一つの魔法も使えなかったユイは、落ち込みながらこれまであえて避けていた無属性の本を読みその場で魔法を使ってみた。

すると、これまで魔法を使えなかったのが嘘ではないかと思うほど呆気なく魔法が発動し、さらにユイを落ち込ませたのだ。

自分が使いたいのはこれではないと思いながらも、嫌々無属性の魔法書を読み進め、ユイでも使える魔法を増やしていく中で、ふと思った。

それは増幅の魔法。

魔法に干渉し、威力や効力を上げる魔法だが、これは無属性の魔法でありながら他属性の魔法にも効果を及ぼす。

この魔法の存在にユイは一筋の光を見出した。

リーフェが他属性を扱えないのならば、魔法に干渉して増幅させるこの魔法も意味を成さないはずである。

しかし、どの属性に対しても増幅の魔法は効果を与えた。

そこで思ったのは、リーフェは他属性を使えないのではなく、自然界に存在する元素を集め魔法として形にすることができないだけではないのかと。

一度増幅の魔法で干渉し、自分の魔力の支配下に置けばリーフェでも他属性の魔法を行使できるのではないか。

ユイは試しに兄達に頼んで魔法を使ってもらい、それに増幅の魔法を使ってみる。

増幅させるのではなく、あくまで干渉し、自身の魔力の支配下に置くために魔力を上書きするように強めに込めていくと、確かに使用者である兄の意思を離れユイに主導権が移った。

しかし問題は、他者に魔法を使ってもらわなければならないことと、魔力の上書きはできても構築式の上書きは難しく、すでに完成した魔法を別の魔法には変えることはできないことだった。

研究しだいでどうにかなるかもしれないが、今の段階では不可能だった。

単独で自身の使いたい魔法が使えないのであれば、攻撃を受けた際の防御として意味はあるが、決して他属性の魔法を使ったとは言えない。

それから考え続けたがいい案は思いつかず、この辺りが限界なのかと諦めの気持ちになりつつあったが、何気なく見ていた空から降る雨にユイはある考えが閃《ひらめ》いた。

「雨は水。水は水の元素が形となっているものです。なら、水を形作る元素に増幅の魔法を使えばどうなるのかと、そう思ったんです。私の予想通り、誰の助けも借りずに、リーフェでも水の魔法が使えました。そして自然から生まれたそれらは、誰かの魔力も魔法の干渉も受けていないため、私の思う通りの魔法で使えます」

ユイはライターを持つ手を前に出し火を点けると、今言っていた話が正しいと示すように、増幅の魔法を火に使う。

ライターの火が突然、火力を増して燃え上がるのを見せると、魔力を解いてライターの火を消し、ポケットへと戻した。

「形があることが前提のため、水だったり火だったりは準備する必要があるので大変です。地属性は砂や土がある所でなくてはいけないので建物内では使えません。そこら中に空気が存在する風が一番準備も場所も必要なくて使い勝手はいいですが、視認できる分、火や水や地の方がイメージしやすくて扱いやすいです」

ユイの話を一言一句漏らすまいと真剣に聞いていた総帥は、話を聞いている内に気が付いた。

「じゃあなにか、お前は複合魔法だけでなく、重複魔法まで使っていたってことか？」

複合魔法は二属性以上の魔法を組み合わせる魔法であるのに対し、重複魔法は二種類以上の別の魔法を同時に使うこと。

こちらも複合魔法並みの難易度がある。

先ほどユイが総帥に対して使った魔法は、風と火の複合魔法と、その魔法を使うための増幅魔法を使った重複魔法ということだ。

「そうですね」

ユイは簡単に肯定するが、その内容はとんでもない。

総帥自身も、己が他から見れば化け物じみた規格外という認識は持っていたが、ユイはその上を行く。

確かに戦闘での強さや経験は総帥が遥かに勝ってはいるが、魔法の知識と応用力はユイの方が優れているのではないかと総帥は思った。

他属性を使う方法を見つけたことに関しても、子供ならではの柔軟さから常識に囚われない発想が生まれたのだとして、それを実際に形にするのは並大抵の努力ではないはずだ。

年に見合わない豊富な知識。

複合魔法と重複魔法を行える魔法操作力と魔力の保有量。

それがまだ十六歳の子供だというのだから空恐ろしさを感じた。

「説明は以上ですけど、分からないことはありますか？」

「……いや、よーく分かった。お前が普通じゃないってことがなっ」

総帥の言葉に同意するように、全員が深く頷いた。

「ちなみに、その方法は他のリーフェでも使えるか？」

「えーっと、どうでしょうか。総帥も知っているように、無属性魔法は扱いが難しいですし、重複魔法が使えることが絶対条件なので……」

「無属性魔法と重複魔法を同時に使えるだけの魔力操作能力と、魔力量が必要ってことか。だが、その条件を満たせれば誰でも使えるのか？」

「私も自分以外のリーフェが使っているのを見たことがないので確実にとは言えませんが、できるんじゃないでしょうか。そこはやってみないと分かりませんとしか」

「なるほど、理屈は分かった。だが、それでどこまでの魔法が使えるのか知りたいから、他の魔法も使って見せてみろ」

「えっ⁉」

ユイの口元がひくりと引きつる。

ユイは激しく抵抗と抗議を繰り返したが、総帥の強引さに虚しく掻き消され、どの程度までユイが魔法を使えるか興味津々の総帥に、元帥と枢機卿が加わり、初心者が教わる初級の魔法から難易度の高い魔法まで次々と使わされるはめになった。

興奮状態の総帥達を誰も止められず、最終的には魔法の使い過ぎでユイはぶっ倒れた。

増幅の魔法で自身の魔力を増幅して、使う魔力量を減らしていたが、大人でも難しい重複魔法を何度も使わされたのだから当然と言ったら当然の結果だろう。

カルロは顔面蒼白で叫びながらユイを医務室へ運び、その場は大騒ぎとなり、権力者三人はそろってバーグに説教をされ、「学生時代に戻ったかのようだ」と誰かが呟いていたとか。

そのかたわらで、セシルが通信用魔具で誰かと連絡を取っていたのだが誰一人気付いていなかった。


ユイは医務室で睡眠を取るとすぐに回復したが、その後総帥に悲劇が起こる。

ユイに対して、総帥が一つ間違えれば命に関わる魔法を行使したことが、セシルからレイスの耳に入り、当然のことながらユイを溺愛するレイスは烈火の如く怒りを爆発させた。

数十分後、総帥の元に恐慌状態のギルド職員から次々と連絡が入る。

ギルドは戦闘の多い仕事柄、所属している者は武器や防具などに特に金を使う。

ギルドは、オルティリア国でしか手に入らない良質で希少な鉱石を買い、加工してから所属している者に定価より安く販売していたのだが、オルティリア国と取引をし、唯一その鉱石をガーラント国内へ輸入していた貿易会社が、取引を止めると言いだしたのだ。

別にその鉱石でなくとも武器や防具は作れるが、やはり質が大きく違う。

その鉱石を使えなくなるのは戦いの多いギルドにとって大きな痛手だ。

それだけではなくギルドは、裏を牛耳《ぎゅうじ》り、独自の広い情報網を持つメルフィス家から情報を買っていたのだが、メルフィス家の御曹司から情報の規制がかかったというのだ。

図ったように勃発した二つの問題に嫌な感じを覚えつつ、総帥がメルフィス家の御曹司に連絡を取ると……。

「だって、あんな恐い声ですごまれたら拒否できないしー。あっ、ちなみに貿易会社はあいつと俺様の共同経営だから、魔王様なんとかしないと無理だから。あいつは俺様が言っても聞かないから、ユイちゃんに土下座でもして説得してもらってねー」

「…………」

その後も続々と入る「何とかしろ！」という抗議の連絡。

まさか裏でも表でも影響力のあるメルフィス家とレイスが繋がっているなど知らなかった総帥は、その足でユイの元へ行くと、人目もはばからず半泣きで土下座したのである。

現在進行形で起こっている事態を知らないユイは、総帥の姿に盛大に顔を引きつらせた。

事情を知ったユイはその場でレイスに連絡してことなきを得たが、決して魔王には逆らうまい、と誰もが胸に刻み込んだ。

第七話【パーティー】

この日訓練所内では、夜に行われるパーティーの準備で、教師と生徒が朝から慌ただしく動き回っていた。

このパーティーは、見学者達も参加し、お目当ての生徒に声をかけたり、逆に生徒が自分を売り込んだりと、お互いよりよい人材の確保、就業先の確保を目的にした水面下の交渉が行われる、パーティーとは名ばかりの戦いなのだ。

特に来年卒業を控える四年生の気合いの入り方は尋常ではなく、目を血走らせながら、あらかじめ情報収集していた見学者達の情報を頭に叩き込んでいたり、話しかける練習をしたりしている姿がそこかしこにあった。

そんな中、ユイは前日の魔力の使い過ぎにより倒れたことでバーグ公認のサボりが認められ、部屋でのんびりと休息を取っていた。

魔力は生命活動になくてはならない力だ。

使い過ぎれば体が動かなくなるばかりでなく、命に関わることもある。

幸い、倒れたと言っても比較的軽い症状だったおかげで睡眠を取ると魔力は大分回復したのだが、普段二割の力で余力をたっぷり残しながら生活しているユイにとって、久々の全力投球の反動は大きく、一日経った今もだるさは消えずにぐったりとベッドで横になっていた。

静かな部屋の中で疲労した心身は睡魔を呼び、このまま眠りに身を任せようと目を瞑《つぶ》っていると、部屋の扉が開き、誰かが入ってきた気配を感じた。

次いで、寝ていたベッドがわずかに沈み、頭を誰かに撫でられている感覚がする。

ユイを撫でる優しい手に心地のよさを感じ、さらに眠気が襲ってくるが、誰かを確認しようと重い目蓋を開く。

視界に映ったのは、美しい端麗なフィリエルの姿。

見学者の中にはフィリエルに負けず劣らず美形の兄、アレクシスもいたので、二人が並んでいる姿を見たいと女生徒達がうっとりしながら騒いでいたものだ。

もし彼女達がユイと同じ状況で目を開けて、そこに優しく微笑む麗しいフィリエルの姿があったのなら、興奮のあまりその場で気を失ってしまうのだろう。

見慣れているユイですら綺麗だなと思いつつフィリエルを見ながら、睡魔に負けないように眠い目を瞬かせている。

「起こしたか？」

「ううん、半分は起きてた」

そう話している間もフィリエルは手を止めずユイの頭を撫で続けていて、今にも眠ってしまいそうなほど睡魔がそこまで迫っていた。

「体調は？」

「だるいだけ」

「そうか」

短い受け答えを繰り返す二人の言葉だけを聞けば、どこか素っ気ない印象を受けてしまうが、その場に流れている空気も二人の表情もとても穏やかだ。

「総師達のせいで酷い目にあった……」

「総師達はよっぽどユイがお気に入りらしいな」

「すごく迷惑」

力を込めた嫌そうな声色に、フィリエルはクスクスと小さく笑う。

「合宿に参加している者達が聞いたら激怒しそうな言葉だな。あの方達があれほど誰かを気にかけるなんてこと滅多にないんだぞ」

激怒どころではすまないかもしれないが、ユイにしてみれば本当に勘弁してほしいの一言に尽きる。

「ユイはどれかの機関に入りたいと思わないのか？」

「軍は厳しそうだし、ギルドは総師がウザい。教会は寮生活だからやだ。何より私はお祖父ちゃんのお店を継ぐって決めてるから……」

そう言葉にした後、わずかにユイの手に力が入った。

「……私は将来お祖父ちゃんの店を継ぐ」

ユイは強調するようにもう一度同じ言葉を口にした。

そしてうつ伏せに体勢を変え、フィリエルから顔が見えないよう顔を枕へ伏せる。

「……だからエルに応えることはできない」

「そうか」

一度断ったにもかかわらず諦めていないフィリエル。そして、ベルナルトにまで結婚をほのめかされ、いい加減しっかりと断らなければと意を決したのだが、そのあっさりした返答にユイは拍子抜けする。

もっと引き止めたり、店を継ぐのを反対したりするかと思った。だが……。

「店を継ぐことがユイの本当にしたいことなら、俺は何も言わない。……けど、違うだろう？　それはユイの本当にしたいことじゃないだろ」

諭すようなフィリエルの言葉に、注視していなければ分からないほど微かにユイの体が震えた。

「まだ父親が恐いか？」

「……っ」

今度は誰の目から見ても分かるほどユイの体が震え、ユイは何かを必死で耐えるかのように瞼《まぶた》を瞑り唇を噛み締める。

「ユイが心配するものは何もない。親権は宰相が持っているのだから、あちらは手を出せない。何より、あの宰相が大事なユイに手出しをさせるはずがないだろう？」

ユイの心情を分かってか、慰めるようにフィリエルは優しく語りかける。

しかし、いつもは心が安らぐフィリエルの声が今は気に障った。

「分かってる‼」

ユイはベッドから勢いよく起き上がり声を荒らげる。

怒るというよりは、八つ当たりと言った方が正しかったが、こんなユイの姿は非常に珍しく、フィリエルはわずかに瞠目する。

「パパなら私が何か言うより前に手を打ってくれるし、何かあったとしても絶対守ってくれる。そんなの分かってる！　……分かってる、けど……だけど……」

ユイは今にも泣きそうに顔を歪めた。

フィリエルは興奮するユイを引き寄せ抱き締めると、慰めるように優しく頭を撫でる。

優しい手の感覚とフィリエルの温もりに、ユイも心が落ち着いてきたところへフィリエルの声が静かな部屋に落ちる。

「去年の大会の時に父親と会ったんだろ？」

息を呑むユイ。

「どうして知ってるの？」

「ああ……。まあ、な」

歯切れが悪い理由は、情報をもたらしたのが、テオドールが過保護でつけた「影」だからだ。

影とは近衛のように表に出ることなく王族の雑務をこなす陰の組織だ。

それをユイは知らないので、何故知っているか話すわけにはいかなかった。

ユイもそこはあまり気にしていないようで、それ以上追及はしない。

それよりも自身の感情に手一杯で他に気を回す余裕がなかったからでもあるが。

「私ね、もう大丈夫だって思ってた。離婚してから数年経っているし、夢で魘《うな》されることも、日常生活で思い出すこともほとんどなくなって、私も強くなったから大丈夫だって……」

乗り越えられたと思ったのに……。

ユイは胸の奥に蠢《うごめ》く感情を抑えつけるように、フィリエルに縋《すが》り付く。

「あの人なんて言ったと思う？　使い道がないかと思えば多少は使えるようだ、だって。結局あの人にとって私は道具でしかなかった。でも、それはいいの。そんなのずっと前から分かっていたことだから」

そう、分かっていた。その程度のことで今さら傷ついたりはしない。

ユイが一番悲しくて悔しくて辛かったのは……。

「私何もできなかった。身勝手な言い分に怒ることも反論することもできないで、ただ震えて、恐がって、逃げることとしか考えられなかった」

その時に何もできなかった不甲斐なさを思い出し、自然と語気が強くなる。

「だから、試合を棄権したのか？」

「それしか考えられなかったの。大会で結果を残せば利用価値があると思われて、あの家に連れ戻されると思ったから」

大会の上位者ともなれば軍からも目をかけられる上、力があるのならリーフェでも嫁に欲しいという家が出てくる可能性がある。

そうなれば迷わず政略結婚をさせて、他の貴族と繫がりを作るための道具として利用する男だ。

当時はレイスもまだシェリナの婚約者という立場だったので、他人のレイスでは口を挟めない。

もちろんレイスならばそれがどうしたと難なく対処しただろうが、その時のユイにはそれに気付く余裕がなかった。

ただ、あの家には帰りたくない。

あの人とは会いたくない。

考えていたのは逃げることだけだった。

「だから、エルと結婚なんてできない。私が王族と繫がりができたと分かったら、あの人は必ず利用しようと現れる。そうでなくとも、パーティーや王宮とかで顔を合わせる機会が多くなるもの」

今はレイスの配慮でパーティー等社交の場には一切出席していないが、王族の伴侶《はんりょ》となってしまえば、会いたくないから出席しないなどと、そんな我が儘《まま》が通るはずがない。

「パパがいたら大丈夫だって分かってる。……でも恐い。あの人とは会いたくないの……」

震える声でユイは思いを吐き出す。

もし父親が今さらになって親権を主張してきたとしても、親権はすでにレイスが持っている。実父がどんな主張を繰り出そうが、レイスは片手間で返り討ちにした上で、二度とそんな戯言《ざれごと》をほざけないようにするだろう。

恐れる要素など一つもないのだが、幼少期に植え付けられた恐怖はそう簡単には克服できるものではない。

ユイがしきりに店を継ぐと言っているのも、目立たないためだ。

軍やギルドや教会に入り、利用価値があると思われるのを回避するためで、本当にユイがしたいのは店を継ぐことではない。ユイが口にしなくとも、フィリエルは知っていた。

けれどユイはそれを認められない。アーサーの影が怖くて。

どれだけ大丈夫だと、心配ないと言われたところでユイの不安は解消されない。

これはユイ自身の心の問題だ。ユイ自身が乗り越えなければ意味がないのだ。

「ユイの不安はよく分かってる。ただ、一つ教えてくれ。もしその問題がなければ、俺の気持ちを受け入れてくれていたか?」

「それは……」

すぐに父親が頭をよぎりユイは口籠《ご》もる。

フィリエルは体を少し離しユイと視線を合わせた。

「今はオブライン伯爵のことは忘れて、ユイの素直な気持ちを教えてくれ。俺が好きだって言ったのは迷惑だったか?」

綺麗な緑色の瞳がユイの瞳を見つめる。

ユイはフィリエルのこの瞳が少し苦手だ。

フィリエルがユイを見る目はいつも温かく、心が安らぎ安心するが、同時に言いたくない弱さや本心までを話して縋りついてしまいたくなる。

父親のことにしても、シェリナや兄達には一度も口にしたことがない弱音も、フィリエルにはすんなり吐いてしまう。

「ユイが好きだ。ユイは俺が嫌か？」

ユイの中で父親の問題は大きく、王族であるフィリエルとの結婚は絶対に避けなければならない。だから、受け入れるつもりがないのなら、ここではっきりと断るべきだ。フィリエルのためにも。そう分かっているのだが、ユイの弱さも理解した上ですべて受け入れようとする強く真剣な瞳に、考えるより先に素直な言葉が出てきていた。

「嫌じゃない……。私も好き……」

嬉しいと思った。フィリエルから思いを伝えられて。

とっくに気付いていた。自分の中にあるこの感情の名前を。

友人とも違う、兄達やレイスとも違うフィリエルへの好意は、他の誰とも違う特別なものだと。

しかし、そう言葉にした後で頭に浮かぶのは父親の姿。

「けど、やっぱり無理だよ……」

好意を示しておきながら己の弱さ故に突き放す。

あまりに自分勝手な思いに、ユイはフィリエルの顔が見られず俯く。

しかし、初めて好意を示してくれたユイに、フィリエルはそれどころではなかった。

何度も先程のユイの言葉が脳内でリプレイされ、照れと嬉しさで平静を装おうと努力するが、自然と目尻が下がり口角が上がってしまう。

締まりのない顔をユイに見られないように片手で顔を覆い、一人悶《もだ》えていた。

反応の返って来ないのを不審に思い、ユイは顔を上げフィリエルの様子を窺う。

「エル？」

ユイの問いかけに、フィリエルはなんとか表情を立て直す。

「いや、今はそれが分かっただけで十分だ。オブライン伯爵は俺が必ずなんとかする、だからもう少し判断を下すのは待ってくれ」

そうは言っても、これはユイが越えなければ意味のない問題で、フィリエルになんとかできるとは思えなかったが、ユイ自身もどうにかできるものならしたいという思いもあったため、少し悩んだ末に頷いた。

「分かった」

ユイが頷いたのを見るとフィリエルはほっと安堵の表情を浮かべ、ユイを強く抱きしめた。

ユイもおそるおそるフィリエルに腕を回す。

今までには感じなかったわずかな気恥ずかしさに頬を染めながら。

「やっとか……」

フィリエルのその一言には、進まない焦《じ》れったさから解放されたいろいろな感情が表れていた。

オブライン伯爵のことだけでなく、まだまだ問題は山積みだ。

魔王とか……。魔王とか……。魔王とか……。

それでも、フィリエルの長い片想いは一歩前進した。

少しすると、フィリエルのポケットに入れていた通信用の魔具が震えだした。

フィリエルは王子らしからぬ舌打ちをする。

「たぶんセシルだな。残念だが、時間のようだ」

フィリエルはひどく離れがたそうにしている。

「ユイみたいにサボるか」

「王族がパーティーをサボるのはまずいと思うよ」

ユイにそう言われ、フィリエルは深い溜息を吐く。

「そうだな……。それにセシルとカルロを父上に紹介する予定だから、父上を待たせるわけにもいかないか」

後ろ髪を引かれるようにフィリエルはユイを離して立ち上がる。

「ユイはどうする、一緒に行くか？」

少し考えた末、ユイは首を横に振った。

「総帥達に捕まったら嫌だから、部屋で立て籠もってる」

パーティーの食事には興味があるが、それで総帥達に捕まったら楽しめるものも楽しめない。

人前で勧誘をしたりはしないだろうが、ちょっかいはかけてきそうだ。

部屋なら鍵をかければ総帥達も手が出せないだろう。食事はフィニー達に頼むしかない。

「そうか、でも気が向いたら顔を出すといい。総帥も昨日カーティス宰相にお仕置きされたところだから、少しは懲《こ》りて大人しいかもしれないしな」

「うん、分かった。……でも、あの総帥が懲りるとは思えないけど」

「時間が空いたらまた来るよ」

そう言ってフィリエルはユイの髪を一房手に取り唇を落とす。

ユイは頬を紅潮させ固まってしまったが、フィリエルは構わず部屋を後にした。


フィリエルが廊下に出ると、セシルとカルロが待機していた。

戻ってきたフィリエルの顔を見た瞬間、セシルとカルロはお互いの顔を見合わせた後、にやりと笑みを浮かべる。

「フィリエルくーん。どうしたのかな、ずいぶん顔が緩んでるけど」

「とうとう、いい返事をもらえたの？」

カルロとセシルに詰め寄られると、フィリエルは顔をほころばせて口元を緩ませたが、すぐに眉をひそめ思い悩むような素振りをしたかと思うと、落ち込んだように暗い表情となった。

最初のフィリエルの表情から、上手くいったのかと思った二人は反応に困る。

「もしかして、こっぴどくフラれたか？」

「いや、一応好きだとは言われた」

「じゃあ、どうして浮かない顔をしてたんだ？」

「伯爵のことを考えててな。分かっていたことだが、ユイはまだ過去を克服できていなかった」

その言葉を聞いてセシルとカルロの表情も曇る。

「やっぱりユイがフィリエルとの結婚を断る一番の原因はあの男か」

「フィリエルには素直に話したんだな。相変わらずユイは俺達には何も話してくれない。心配させまいと思ってだろうけど、少し寂しいな」

違う意味で再び二人は落ち込んだ。

まだフィリエルとも出会う前の小さな頃は、ユイも兄達に頼り、悲しい時も感情を素直に話してくれていたが、いつしかそれはなくなり、兄達の前でもシェリナの前でも辛いだとか悲しいだとかを言わなくなった。

それでも、未だユイが父であるオブライン伯爵に対して負の感情を持っているとセシルとカルロが知っているのは、ユイが唯一弱音を吐くフィリエルから話を聞かされているからだ。

昨年の大会の時にオブライン伯爵がユイに接触したこともフィリエルから聞いた。

ユイがフィリエルと会えなかった時期のことだったので、セシルとカルロはユイが自分達に何かしらの助けを求めてくるだろうと思っていたのだが、結局ユイは誰にも話すことなく言葉を飲み込んでしまう。

それほどまでに自分達は頼りないのかとユイを問い詰めたい衝動に駆られたが、それはただユイを困らせるだけだと、なんとか堪えた。

そして、助けを求められない以上、逆に傷を深くえぐるのではないかと忌避してしまい、こちらから話を切り出せなかった。

今回も、やはり自分達にはそんな素振りは一切見せなかったというのに、フィリエルにはあっさりと心の内を見せる。

言葉を飲み込んでしまうユイのはけ口となれるフィリエルの存在はありがたいとは思うのだが、正直兄としては少し嫉妬してしまう。

そんな二人を見て、フィリエルは苦笑を浮かべる。

「お前達はまだオブラインの家で暮らしているから、父親と諍《いさか》いを起こして居づらくさせたくないというのもあるんじゃないか？　特にカルロは怒鳴り込みに行きそうだしな」

「いくら俺でもそこまで短気に怒ったりしない……と思う」

断言できないあたりが物語っている。

「まあ、大人しくしているのは今だけだよ。来年の春には、俺達はオブライン家となんの関わりもなくなる。その時には今まで溜まりに溜まった鬱憤を晴らさせてもらうさ」

そう言って凶悪な笑みを浮かべたセシルの顔を見て、フィリエルとカルロは自分が標的ではないと分かっていつつ背筋にぞくりと悪寒が走った。

「……なあ、カルロ。セシルは最近宰相に似てきていないか？　魔王な感じが」

「フィリエルもそう思うか？　元々性格が似てたって気もするが、段々父さんみたいに凶悪さが増してるみたいでさ。このままじゃ確実に魔王二号だぞ」

魔王二号……。

それはガーラント国にとっても、あまりよろしくない事態だ。

レイスと違って権力がない分、害は少ないが、セシルの能力ならば将来確実に軍で権力を有する位まで上るはず。

そうなれば軍にも魔王が……。

セシルに聞こえないよう、声を潜ませて会話している二人に、セシルがにっこりとした笑顔で話しかける。

「何こそこそ話してるんだ、二人共」

フィリエルとカルロは声をそろえ、「何も！」と首を横に振る。

気を取り直して、三人はパーティーが行われる会場へと向かった。


会場となる大広間ではすでにパーティーが始まり、あちらこちらで生徒と見学者である大人が談笑している姿があり、早速名刺をもらい勧誘を受けている者もいた。

やはり、模擬試合でいい戦いを見せていた生徒には多くの者が集まり、次々と声をかけられている。

逆に思うように結果を残せなかった生徒には誰も寄りつかず、分かりやすいほど明暗が分かれていた。

声をかけられず時間を持てあました生徒達は、同じ境遇の生徒同士で慰め合ったり、やけ食いをしたり、爆死覚悟で自分から売り込みをしたりとそれぞれの方法で時間を過ごしていた。

そんな中にフィリエルとセシルとカルロが足を踏み入れると、一気に会場の雰囲気が変わる。

ほんの一瞬、誰もが話すのを止めた。

すぐに会話を再開したが、意識は常にフィリエル達の方へと向いているようだ。

毎回、他者を寄せつけない力量を見せるセシルとカルロには、今回も見学に来ていた者のほとんどが話をしたいと思っていた。

あわよくば自分の所へ勧誘できたらと、並々ならぬ気合いを入れてこのパーティーに臨んでいた者も少なくない。

しかし、誰一人近付く者はいない。

王子であるフィリエルがいたからというのもあるのだが、美しい王子の後ろにぴったりと付き従う双子の姿からは深い信頼感が窺えた。

セシルとカルロが会場へ来るのを今か今かと待ち望んでいた者達は、がっくりと意気消沈した。

二人はすでに主《あるじ》を決めており、そこに他者が入る隙はないのだと理解したから。

勧誘をしたところで返ってくる答えは分かりきっている。

セシルとカルロの勧誘を断念した大人達は、次に目をつけていた生徒の許へと赴くのだった。

会場を突き進めば、自然と人はフィリエル達を避けたため、目的の人物であるベルナルトの許へは容易に辿り着けた。

ベルナルトのそばにはアレクシスと、ガイウス。そして、いつもはフィリエルの側にいるルカとジークが共にいた。

「父上」

「おお、フィリエル。遅かったな」

ベルナルトは後ろに立つセシルとカルロに視線を移す。

「この者達がそうか」

「はい。こちらが兄のセシル、隣が弟のカルロです」

フィリエルに促され、セシルとカルロは胸に手を当て礼を執る。

「お目にかかれて光栄に存じます、陛下。そして、お久しぶりでございます、王太子殿下。私はセシル・オブライエンと申します。そして弟の――」

「カルロ・オブライエンと申します」

アレクシスは今年に限らず合宿に来ていたので、すでにフィリエルから二人を紹介されていただけでなく、他の社交場でも何度か顔を合わせていた。

ベルナルトは検分するように二人を上から下まで眺めた後、満足そうに頷いた。

「うむ、フィリエルが世話になっているようだな。二人の優秀さは私の耳にも入っている。お前達のような者がフィリエルについてくれるのは、王としても父としても心強い。これからもフィリエルを頼んだぞ」

「まだまだ若輩者の我々にはもったいなきお言葉です」

「殿下のお役に立てるようこれからも修練に励んでいきます」

と、わずかな緊張を見せながら恭しく頭を下げる双子に、アレクシスが気安く話しかけた。

「そんなに謙遜しなくてもいいじゃないか。社交界でも、若手貴族達の中で最大派閥を有する君達は有名人だ。魔法の技術や強さだけでなく、人脈も持つ君達がフィリエルの味方でいてくれるのは心強い」

セシルとカルロは積極的にパーティーなどの社交場に顔を出しては、その恵まれた容姿や頭の回転の速さ、人当たりのよさを最大限に利用して上手く立ち回り、今や社交界で若手貴族の最大派閥を作っていた。

そこから得られる情報や利益は、王族とて無視できないほどのものとなっているのだ。

ちなみに二人に処世術を仕込んだのはレイスだったりする。

元々セシルもカルロも世渡り上手で、それまでも上手く立ち回ってはいたのだが、それでは生温い！　と人の弱みの握り方から効果的な脅し方、人に好感を与える笑い方から恐怖を与える笑い方などなど、他にも魔王の手下としての教育をみっちりと叩き込まれた。

魔王直々の教えは効果絶大で、実際にそれ以後急速に派閥が拡大していったのはさすが魔王と言いたい。

なので、セシルが最近レイスに似てきたと感じるのも致し方ないのかもしれない。

「これほど優秀な息子が二人もいて、オブライン伯爵も鼻高々だろう」

その言葉を聞いて、微妙な表情を浮かべる二人は迷いを見せたが、ベルナルトにも関わってくる可能性が大いにあるので話しておくべきだろうと結論づけ、会話をしながらもこちらを興味津々にちらちら窺っている者達に聞かれない程度に声を落としてセシルが話し始めた。

「いえ、残念ながら、オブラインの名を名乗るのは、後数か月の間になるでしょう」

「どういうことだ？」

「来年成人した際に、二人共、姓をオブラインからカーティスに変える予定です」

姓を変えるということはオブラインの家を出て、レイスと養子縁組をするということだ。

他に男児のいないオブライン家で二人共そろって家を出るとは驚くべき内容だったが、ベルナルトはそれよりも、カーティスという名前の方に強く反応した。

「……まさかとは思うが、私のよく知るカーティスではないだろうな」

ベルナルトは嫌な予感がしてならない。

そこへフィリエルが決定打を与える。

「そのまさかです、父上」

やはり予想通りだった。

「……そう言えば、オブライン伯爵の元夫人はレイスと再婚したのだったな」

ベルナルトはセシルとカルロ二人の経歴を記した報告書の内容を思い出す。

二人を調べた際、ユイの情報はテオドールが故意に隠していたので無難な情報しか記載されていなかったが、二人の生母が離婚ののちにレイスと再婚したことはベルナルトも知るところであった。

「ということは、あのユイとは……」

「はい、ユイとは血の繋がった兄妹になります」

「そうか……」

ベルナルトは再び二人の顔をじっくりと見る。

確かに改めて見ると、兄妹だけあって顔の作りが似ているように感じた。

目の前にいる双子に、国の研究者も顔負けの知識と能力を有するユイ。

この非凡すぎる優秀な三人を産み、魔王とまで呼ばれているレイスを愛妻家に変貌させてしまう夫人と話をしてみたいものだとベルナルトは思った。

宰相の妻ともなればパーティーなどで会う機会は多いだろうと思うが、シェリナを社交場に連れて行くのを嫌うレイスによって、彼女はめったにパーティーなどには姿を見せないので、ベルナルトも一度として会ったことはなかった。

それにしても……。

レイスは若手貴族や子息の間で最も影響力があると言っていい双子を手中にし、これでもしユイがフィリエルと結婚すれば王族とも縁故関係となり、ガーラント国内で多大な影響力を持つことになる。

しかし、レイスの興味は妻子のみで、権力には微塵も執着が無いことはベルナルトも知っている。

それ故、レイスが権力を振るって国政を好き放題操るなどの心配はしていないが、ユイを伴侶とすれば、レイスが力をつけすぎるからと国内の貴族が反対する可能性も出てきた。

「うーむ」

これは困ったことになりそうだが、その辺りは父のテオドールに丸投げしようとベルナルトは密かに決める。それとは別で、時々とんでもないことをしでかすレイスにこれ以上暴れられる力を与えていいものかと王として頭が痛くなってきた。

なにせ、その後始末で頭を悩ませるのはその周りにいる者達なのだ。

「まあ、レイスなら権力などなかったとしてもいろいろしでかしそうか。宰相の権力を使わずに、あの総帥に半泣きで土下座させるぐらいだしな」

などと呟いた時、ベルナルトはふと思った。

「しかし、優秀な跡継ぎの息子を手放すなど、オブライン伯爵が許すとは思えぬが？」

ベルナルトの疑問に、セシルとカルロはそろってなんとも言えない微妙な顔をして、言いにくそうにセシルが口を開く。

「あー、その……。恐らく、いや確実に陛下にご迷惑をおかけするかもしれません」

「何故だ？」

ベルナルトは聞きたくないと強く思ったが、心の準備は必要だと思い直す。

「あの人が巻き込む気満々ですので、問答無用で関わらされるかと思います……」

あの人が誰かなど、聞かずともベルナルトにはすぐにレイスのことだと分かった。

「一貴族の養子問題に王を巻き込むつもりか？」

確かに先に王から了承を得ていれば、オブライン伯爵も王の決定に文句は言えなくなるだろうが、国政に関わるほどの問題でもない限り、貴族の養子縁組の問題に王が関わるなど一般的ではない。

だが、そこにレイスが加わると一般常識は無意味になるので、早々にベルナルトは諦めた。

「申し訳ございません」

セシルとカルロの二人はそろって頭を下げる。

「いや、私でもレイスを止めるのは無理なのだから、お前達が止めても聞きはしないだろ。……一応確認だが、お前達は自分の意思で本当にレイスの息子になりたいのだな？」

脅されていないのかということと、あれが父親で本当に後悔はないのか、という二つの意味を暗に含んで確認を取る。

ベルナルトは、自分ならあれが父親になるなど絶対嫌だという思いがあるので、念を押して問う。

「はい、心から望んでおります」

「お恥ずかしながら、実父よりも遥かに父親として接してくれています、本当の子供のように」

一緒に出かけ、学園であった出来事などを話しながら食事をし、困ったことがあれば助言をし、全力を尽くして助けてくれる。

それに対し、会話はほとんどなく、あったとしても一言二言で終わり、共に食事を取ることも滅多になく、子供に無関心な本当の父親。

これではどちらが本当の父親か分かったものではない。

二人からレイスに対する尊敬の念を感じて、普段魔王なレイスしか見る機会のないベルナルトには理解しがたい思いだったが、それが本心から言っているると伝わってきたので納得するしかない。

「分かった。レイスから何かしらの話があれば、できる限りは協力しよう」

「ご迷惑おかけしまして申し訳ございません、陛下」

「なに、フィリエルの義兄になる者のためだと思えば、たいした労力ではない」

口角を上げるベルナルトのその言葉に、一同は面食らった。

すぐに意味を理解したカルロは、フィリエルに向かって両手を広げ茶化す。

「お兄様と呼んでくれて構わないぞ、弟よ」

「誰が言うか！」

「あの人を父上と呼ぶよりはハードルは低いと思うけど？」

「ぐっ。確かにそうだが……」

言ったが最後、烈火の如く怒りを爆発させるレイスの姿が目に浮かんだ。

「まあ、魔王の説得は俺達も協力するよ。宰相になるように言った手前、責任を感じるし」

「権力与えちゃいけない人に余計なこと言ったって、ちょっと後悔したしな」

もし、レイスが宰相ではなかったら王もフィリエルも、もう少し強気に出られていたはずだと思うと、ほんの少し後悔していた。

いや、きっと宰相でなかったとしても大きな障害となったのは間違いないのでいらぬ気遣いかもしれない。

双子の言葉を聞いたベルナルトが首を傾げる。

「宰相になるように言ったとはどういうことだ？」

「実は母と再婚前、あの人に交換条件を出したんです。宰相になるのなら、母との仲を取り持つ協力をしてもいいと」

「何故そのような条件を出した」

「ユイを守るためです。陛下もご存知かと思いますが、ユイの能力は突出しています」

ベルナルトは否定することなく頷く。

「ユイの能力に気付き、取り込もうとする者が絶対に現れると常々思っておりました。現に、元帥、総帥、枢機卿のお三方は気付き、ユイを取り込もうと躍起になっておられます。幸い、お三方は誠意を尽くして対応してくださる誠実な方々でしたので、力ずくの行動をされることはありませんでしたが、他もそうとは限りません。もし、暴力や権力を以って来た時に、ユイを守れる人が側にいる必要がありました」

確かになんの力も持たぬ娘では、権力者の前では無力だろう。

「そう思っていた時に目についたのが、魔王です。その頃から魔王の名は有名でしたからね。その能力もさることながら、逆らう者には容赦のない非道っぷりが」

思い当たる節が大いにある王族三人とガイウスとルカとジークが、そろってなんとも言えない表情を作る。

「その魔王が母に異常なまでの好意を持っていると知って、彼なら母を悲しませないためにもユイを守れるのではと……。権力への興味は一切なかった人ですが、母と結婚したい一心で約束通り宰相にまで上り詰めました。正直、条件を提示してから実際に宰相の位に就くまでの早さに、言いだした自分達が一番驚きましたが……」

セシルは苦笑する。

ユイが成人するまでに宰相になってくれれば僥倖だと思っていたセシルとカルロだったが、予想を裏切り数年で宰相の位に就いてしまい、その優秀さに言い出した本人達が驚いていた。

しかも、宰相になるために仕事に勤しんでいる合間には、きっちりシェリナに好意を持ってもらうべく積極的に動いていたのだから、さらに驚く。

「そ、そうか。何故権力に執着しないレイスが宰相になったのか疑問に思っていたが、ようやく分かった」

ベルナルトが、さして野心を持っているように見えないレイスに宰相職を打診した時には、断られる可能性も考慮していたが、予想外にも即答で受け入れたので拍子抜けした記憶がある。

さらに、仕事より妻子との時間の方が大事だと言いつつ、文句を言いながらも、妻子との時間が削られる忙しい宰相職を離れず仕事に勤しんでいるのは何故なのかと常々疑問に思っていた。

その理由が溺愛してやまない妻子のためだと言われれば合点がいく。

「あの人の母への執着は尋常ではありませんでしたからね。こんな人に母を任せていいのかと後になって何度後悔したかしれません」

それでも、オブライン家にいた時と違い、幸せに満ち足りたシェリナの表情を見れば、間違いではなかったとセシルとカルロは思えるのだ。

「益々、夫人に会ってレイスの手綱の取り方を聞いてみたいが……」

「難しいかもしれませんね。ですが、私達がカーティスの名を名乗るようになれば機会もあるかと存じます」

「そうか、楽しみにするとしよう」

レイスがシェリナを社交の場に出さないのは、ただシェリナをオブライン伯爵に会わせたくないという理由もあるが、何よりレイスは敵が多い。

同時に恐れられてもいるおかげで、目に見えて敵対してくる者はほとんどいないが、代わりにその敵意の矛先がシェリナへと向く恐れがあった。

レイスがずっと側にいられるとは限らず、普段からパーティーなどに出席していないシェリナには助けてくれる知り合いもいないので、連れて行けないのだ。

しかし、最大派閥を持つセシルとカルロが共にいるとなれば、派閥を取り仕切っている二人を敵に回すのは不利益の方が大きく、その者達も不用意な行動は慎むはずと考えられた。

これまでレイスはパーティーへ赴く際、シェリナに代わり秘書官を伴っていたが、双子の正式な手続きが終われば、シェリナを連れて行くようになるだろう。

その頃にはきっとユイとフィリエルの仲も進展していることを双子は願う。

そんなこんなでしばらく談笑し、顔合わせには十分な時間を取れて満足したが、パーティーはまだ終わる気配はなく周囲は賑やかに歓談していた。

「父上、兄上、俺はそろそろ戻ります」

「もう帰るのか？」

「はい、人が多い場所は疲れてしまうので」

魔力の強いフィリエルは、人が多い場所ではいつも以上に神経を集中させ、魔力を抑えている。

しかし、気を張り続けていれば疲れるのは当然。

学園で時折、護衛であるルカとジークを伴わず一人でいるのも、人が多い学園内でずっと気を張っているのは疲れるので、周りを気にせずにいられる時間を設けたいからだ。

それを多くの者は理解しているので、本来なら手本となるべき王族のフィリエルが授業をサボっていても、教師達も何も言わず、見て見ぬふりをしている。

これが王家主催ならば残っている必要があるが、今日は学生が主役のパーティー。

就職先を決める必要のないフィリエルがここにずっといなくとも、なんら問題はない。

一応顔は出したので、文句を言う者もいないだろう。

「それならば、仕方がないね。ゆっくり休むといい」

「はい、兄上。先に失礼いたします」

去ろうとするフィリエルを見て、ルカとジークが動くが、フィリエルはそれを手で制する。

「二人は父上と兄上についていてくれ。他の護衛は会場内まで入って来られないからな」

主にそう命じられてしまえば、二人は従うしかない。

連れて来た護衛は会場の外に配備され、今ベルナルトとアレクシスの側にいるのはガイウスだけ。

要塞内にいるのは身元の確かな者達のみなので、万が一は起こらないだろうが、フィリエルとしては念のため父と兄の護衛をしてくれていた方が安心できる。

ならばと、セシルとカルロがついていこうとするが、それもフィリエルは拒否する。

「大丈夫だ。この要塞に不審者が入れるとは思わないし、自分の身を守るぐらいの力はあるからな」

「とか言って、邪魔されたくないだけじゃないのか？」

ニヤリと笑ったカルロの言葉で、王達はフィリエルが自身にあてがわれた部屋に戻るのではないと気付き、微笑ましげな視線を送った。

「よし、それでこそ男というものだ。奴の居ぬ間に頑張ってものにするのだ！」

「宰相閣下にはバレないようにしておくから、頑張るんだよ〜」

父と兄の応援を受けながら見送られる。

ユイが家族に認められているのはフィリエルとしても嬉しいはずなのだが、やりづらいといったらない。

このまま進展がなければ、応援だけに止《とど》まらず、女性の口説き方などといった講義を受けさせられかねないほど協力的だ。

フィリエルが会場の外に出て、ユイの許へ行こうとした時。

「お待ちください、殿下」

フィリエルは足を止め、呼び止めた相手を振り返る。

そこには、以前婚約者候補として会った、シャーロット・チェンバレイ侯爵令嬢がいた。

「申し訳ございません。突然後ろから呼び止めるなど、ご無礼をいたしまして」

すぐさまフィリエルは王子の仮面をかぶり、にっこりと微笑んだ。

「いいえ、構いませんよ。それよりも、慌ててどうされましたか？　何か用があるのでしょう」

親しい者の前での砕けた口調とは違い、外面用の王子らしい笑みと口調でシャーロットと向き合いながら、頭の中はこれから会いに行くユイに占領されていた。

「あ……その、ここでは話しづらいので、場所を変えてもよろしいでしょうか」

ユイの所へすぐにでも行きたかったが、侯爵令嬢の頼みを無下に断ることもできず場所を移す。


フィリエルが部屋から出て行った後、眠気も吹っ飛び、ベッドに寝そべりながらのんびり読書をしていると、通信用の魔具が反応を見せた。

「はい」

「ユイ、すぐにそこから逃げろ！」

「……カルロ兄様？　どうしたの、そんなに慌てて」

焦ったようなカルロの声が魔具から響き、ユイは目を丸くした。

「総帥がラストールの教師を脅して、ユイの部屋の鍵を入手しやがったんだよ！　今、枢機卿と一緒にそっちに向かってる。酒飲んで程よく酔っ払ってるから捕まったら厄介だ。早くその部屋から逃げろ」

それを聞いてユイは飛び起きた。

「どうしてお酒なんて飲んでるの⁉」

ガーラント国の法律では、飲酒は十八歳からとなっている。

十八歳以上の生徒は問題ないが、中にはまだ飲めない生徒もいるため、パーティーで酒類は出していないはずだった。

しかし、総帥はあらかじめ持参し、その酒を飲んでいる内に気分がよくなり、ユイにちょっかいをかけようとしたが、ユイが会場にいないことに気付いてカルロに聞きに来た。

ユイが部屋に立て籠もっていると知ると、ラストールの教師にユイの部屋の鍵を要求。

もちろん、最初は拒否した教師なのだが、来年ラストールの生徒からは誰もギルドに入れなくても良いのか？　と、まるで町のチンピラのような脅しをかけたらしい。

教師は周囲に助けを求めるも、相手はギルドのトップとあって助けに入れる勇者はおらず、視線を逸らされる。

そうして、小動物のように怯える教師から鍵をカツアゲしたのだった。

鍵を入手し意気揚々とした総帥に声をかけられた枢機卿は、聖職者として迷惑な酔っぱらいを野放しにはできないと同行することにした、というのがことの顛末《てんまつ》らしい。

総帥の酒癖の悪さは有名で、ユイは絡まれる前に逃げようと急いで部屋から飛び出し、周囲を警戒しながら足音を立てずその場を離れた。

角を曲がったちょうどその時、後ろの部屋の方から「嬢ちゃん来てやったぞー」と騒ぐ酔っぱらいの声と、「騒いでは迷惑ですよ」と叱咤する枢機卿の声が聞こえてきた。

間一髪逃げられてほっと息を吐くが、まだ安心するには早い。

部屋にいないことに気付けば、すぐに探し回るはずなので、足早にその場を去る。

要塞に来てからというもの、夜にはさらに怖さが増す廊下を一人で歩けなかったのだが、今のユイはそんなことも忘れて急いだ。

兄に助けを求めようと、パーティーが行われている会場へ向かう。

「こんなことなら、エルと一緒に向かっていればよかった」

今さら言っても仕方がないと分かっていても思わず口から出てしまう。

総師達に会わないように大回りして、中庭に通じている吹き抜けの廊下を歩く。

この地域は王都より北に位置するため王都よりも気温は低いが、夏という季節もあって昼間は多少の暑さを感じる。

しかし、日も落ちると肌寒さを感じるほどに気温が下がり、一枚上に羽織ってくるべきだったと後悔した。

急いでいたので、そこまで気が回らなかったのだ。

パーティーが行われている大広間に近付くと、二階の部屋から明かりが漏れて音楽が聞こえてくる。

その時、前方から誰かが歩いてくる音が聞こえてきた。

足音の数からして二人か三人。

総師達ではないかと、ユイは慌てて隠れ場所を探してきょろきょろと辺りを見回す。

庭に降り、隠れられそうな草木の茂みにしゃがみ込んで身を隠し、人が通り過ぎるのを息を殺してじっと待つ。

しかし、その人物達は通り過ぎるどころか、庭へ来てユイが隠れているところまで近付いてくる。

見つかったのではないかとユイの心臓の音が激しくなった。

だが、聞こえてきた声は総帥ではない、予想外の人達のもので……。

「突然このような場所にお連れして申し訳ございません」

「何かお話があるのでしょう？　お気になさらず」

（この声ってエル？　それと彼女がどうして……）

総帥達ではなくて安堵したが、聞き慣れた声に木と木の隙間から様子を窺うと、そこにはフィリエルとシャーロットの二人がいて、予想だにしない組み合わせにユイは驚く。

シャーロットに金魚のフンのごとくどこまでもついて回るステラの姿が見当たらない。

「実は先日お話がありました婚約の件について、どうしても殿下にお聞きしたいことがございまして」

『婚約』の言葉に、ユイの表情が凍りついた。

シャーロットは侯爵令嬢。王族の妃としてなんら不足はない。

むしろ、侯爵令嬢としてしっかりと礼儀作法を学んできたシャーロットは、社交場にも数多く出席し、立ち居振る舞いも洗練されていて人脈もある。

侯爵は厳格な人柄で王の信も厚く、年齢的にもそういう話が出ていてもおかしくはない。

それに引き換え、伯爵令嬢として生まれていても期待もされていなかったので、最低限恥ずかしくない程度の礼儀しか身につけていないユイ。シャーロットとは比べるべくもない。

やはり自分ではフィリエルに相応しくないのではないかという思いがよぎり、胸が痛んだ。

「今日父から連絡がございまして、正式に婚約の件は白紙に戻すと陛下より連絡があったと……。

できれば殿下ご本人から理由をお聞かせ願えないかと思い、お引き止めしてしまいました。私は何かお気に障ることをしてしまいましたでしょうか？」


「いいえ、そのようなことは何一つありませんでしたよ。あなたは何も悪くはない。ただ、私にはすでに心に決めた人がいます。そのことを父と叔父は知らず、婚約者候補を選んでしまい、あなたにはご迷惑をかけてしまいました」

その言葉からは、フィリエル自身の意思ではないと言っているように聞こえ、ユイは思わず安堵してしまった。

シャーロットは表情を曇らせる。

「決めた方が……。そうですか……。それはもしかしてフェイバス公爵家のご令嬢ですか？」

「いいえ、エリザは妹のようなものですから」

「そうなのですか？　てっきり……」

わずかに沈黙が落ちた後、シャーロットは意を決したように口を開く。

「……あの、どのような方なのですか？　殿下が選ばれた方なのですから、きっと素晴らしい方だと思いますが」

「そうですね、彼女はあなたが想像しているような令嬢とは少し違うと思います。ですが、とても優しくて可愛らしい子ですよ。何にも代えられない私の心の支えです」

茂みに身を潜めながらフィリエルの言葉を聞いているユイは、顔が熱を帯びてくるのが分かる。

惚気《のろけ》るフィリエルに、シャーロットは諦めを含んだ表情を浮かべる。

「その方を愛してらっしゃいますのね」

「ええ、何よりも愛しています」

恥ずかしげもなく即答するフィリエル。

聞いているユイの方が恥ずかしさを感じ、両頬に手を当て俯く。

「そうですか……。誤魔化さずお答えいただき、ありがとうございます。お話はそれだけですので、これで失礼させていただきます」

「部屋までお送りしましょう」

フィリエルはその場を去ろうとするシャーロットに声をかけたが、シャーロットは首を横に振る。

「いいえ、一人で帰れますので、大丈夫ですわ」

フィリエルはシャーロットを無言で見送る。

足音が去って行くのを感じ、ユイは出て行くべきか迷っていると。

「そんな所で盗み聞きか、ユイ?」

「うひゃあっ！」

突然フィリエルに声をかけられ、心臓がびくっと跳ねる。

顔を上げると茂みの向こうからこちらを覗くフィリエルの姿があった。

「気付いてたの？」

「途中からな。ユイはそこで何してるんだ、部屋に立て籠もるんじゃなかったのか？」

ユイはフィリエルに手を引かれ、茂みから出る。

「総帥が鍵を入手して私の部屋に向かってるから逃げろって、兄様から連絡があったの。それで逃げてる途中に足音がして、隠れたら総帥じゃなくてエル達が来て……」

ユイはばつが悪そうな顔をする。

「だから盗み聞きしようと思ってしたわけじゃないよ！」

決して故意ではないと、必死で弁解する。

まあ、話に興味がなかったとは言わないが。

「ああ、分かった。分かったから、落ち着け」

信じてくれたと安堵したのも束の間、フィリエルのどこか意地の悪さを含んだ笑みに気付き、反射的に後ろに一歩下がるが、素早く腰に腕を回され体が引き寄せられる。

「それで、どう思った？」

「へ？　……どうって？」

「聞いてたんだろ、さっきまでの話を。俺が誰のことを思って言ってたのかは分かってるよな？」

さっきまでの話とは、惚気とも言えるフィリエルの発言のことだと聞かずとも分かった。

それだけでもユイが動揺するには十分だというのに、唇が触れそうなほど耳の側に寄せ、まるで睦言《むつごと》を話すかのように色気たっぷりに囁《ささや》かれ、ユイはあたふたする。

「えっ、いや、あれはあの……そのっ！」

ひどく狼狽《うろた》えて、ユイは自分でも何を言っているのか分からなくなっている。

その時、吹き出すような声が聞こえ、少し冷静になりフィリエルを見ると、口に手を当て、肩を震わせていた。

からかわれていた。

そう気付いた瞬間、ユイの目が険しくなる。

「エ～ル～」

「くくっ、悪い悪い。今度お詫びにお菓子買うから機嫌を直してくれ」

「……私、お菓子で釣られるような子供じゃないもの」

わずかな沈黙は、少し心が揺れたからなんてことはない。

「お菓子はいいから、あの人が言ってた婚約のこと聞かせて」

「気になるか？」

と問うような意地の悪い顔のフィリエルだったが、むくれているユイの機嫌をこれ以上損なうのは賢い選択ではないと判断したようで、素直に教える。

「少し前に侯爵と令嬢が来ていて、兄上から令嬢の相手をするように言われたんだ。後から、それが俺の婚約者を決める顔合わせだと知らされてな。父上と叔父上が俺に婚約者を、と言って内緒で計画したらしい。でも、ちゃんと父上から侯爵の方には断りを入れてある」

ユイに疑惑を残さないように話すフィリエルは、自身の意思ではなかったことを強調していた。

「俺はユイ以外と結婚するつもりはないからな」

もう何度となく告げた思いをまたも口にするフィリエルだが、いつもは顔を赤らめたり慌てたりするユイの表情が陰る。

フィリエルは疑問を浮かべた顔でユイを窺う。

「どうした？」

「……ねえ、どうして私なの？」

「どういう意味だ？」

「だって、私はお世辞にもお嬢様らしいとは言えないし、人と接する時に笑顔でいるような愛想もないもの。けど、彼女なら王族のお妃様でも、そつなくこなせると思う。彼女じゃなくても、エルならお似合いの人がたくさんいるでしょう？　わざわざ面倒な私なんかよりも……」

話している内に、さらにその気持ちが強まる。

自分はフィリエルに求められるほどの人間ではないのにと、じわじわ膨れ上がる暗い感情とは逆に、言葉に力がなくなっていく。

「今日は珍しく卑屈だな」

「………」

マイペースで自分と誰かを比べることの少ないユイが、自身を卑《いや》しめる言い方をするのは珍しかった。

きっと少し前に、ユイをリーフェと蔑む父親の話をしていたからかもしれない。

誰かを妬《ねた》むというよりは落ち込んでいるように見えるユイの頭を、フィリエルは慰めるようにポンポンと軽く叩く。

「確かにユイは面倒くさいな。凶悪な保護者に、過保護な兄。分かりやすいぐらい愛情表現してきたのにも気付かないし、気付いたと思ったら父親と会いたくないから無理だと断る」

もっと美しい人も王家の利益となる人も、王族であるフィリエルならば選びたい放題だろう。

わざわざ、妃になりたくないと言っている相手に必死にならずとも、妃になりたい王族に相応しい相手なら他にいる。

「それでも、どれだけ面倒臭かろうが、俺はユイ以外考えられない。ユイだけなんだ。他の誰かでは駄目とかではなく、たとえ他に王族に相応しい者がいたとしても、王族としてではなく俺自身が必要としているのはユイだけだ。他の誰かは必要ない」

真剣な深い緑の瞳がユイを射抜き、ユイは息を呑む。

「それにな、ユイのどこが侯爵令嬢に劣ると言うんだ。才能も実力も努力も、誰よりも持っているだろ。そもそも、ユイが王族の妃に相応しくなければ父上が反対している。けれど、父上は反対どころか応援してくれているんだから、ユイが自分なんかと卑下する必要なんてないんだ」

悲しげに揺れるユイの瞳に強さが戻るのを感じたフィリエルは、ユイの頬に手を添える。

「後、気付いていないと思うが、ユイは表情が豊かだと俺は思うけどな」

ユイはきょとんと目を丸くする。

愛想がないとか表情が乏しいとは言われるが、表情が豊かなどとは初めて言われた。

「どこが？」

思わずユイの口から疑いの籠もった言葉が飛び出す。

「何度ユイが俺の前で大泣きしたか覚えてないのか？　さっきは俺にからかわれて怒ってただろ。それに俺といる時はいつも笑ってるし、愛想がないなんて思ったことはないよ」

「私そんなに表情に出してる？」

まったくユイには実感がない。

「ああ、笑って泣いて怒って、表情がくるくる変わってる」

表情が乏しいユイがそれだけ感情を表に出すのは、ただ親しいからではなく、フィリエルだから。

誰よりもユイに心を許されているとフィリエル自身も分かっているから、一度や二度断られたぐらいで簡単に諦められないのだ。

「だから気にしなくていい」

たとえ本当に人形のように表情がなかったとしても、それがユイであるならフィリエルにとっては些末なことなのだろう。

「でも、それはエルの前ではってことでしょ？　お妃様になったら人前でも愛想良くできないと務まらないよ、どうするの？」

フィリエルは突然クスクスと笑い出し、ユイは訝しげな顔をする。

「なに？」

「いや、結婚なんてしないと言いつつ、俺と結婚した後の心配をするんだなと思ってな」

ユイも指摘されて気付いた。

なんの違和感もなく、自然とフィリエルが隣にいる将来を考えていた自分に気付き大いに慌てた。

「いっ、今のは、ちょっと言葉を間違えただけで……」

「ユイがその気になってくれているようでよかった、よかった。父上も大喜びだな」

「エル！　違うから！」

ユイが懸命に否定するが、嬉しそうに笑いながら「分かった、分かった」と言うフィリエル。

とても分かっているとは思えない様子に、ユイが必死で弁明するが、ニコニコと笑うだけだった。


中庭の片隅でじゃれ合うユイとフィリエル。

その二人を二階から見つめる四対の目があった。

「全然来ねえと思ったらあんな所にいやがったのか」

「邪魔なんて無粋なまねをしたら、馬が蹴る前に私が葬ってさしあげますよ」

酒臭い総帥に眉を寄せ、これ以上振り回されたくない枢機卿がぴしゃりとたしなめる。

「さすがの俺でもそれぐらい空気は読める！」

「ほお、初耳です。できればもっと早く空気を読んで、ここで大人しくしていただきたかったものです」

酔っぱらいにつき合わされユイの部屋まで行ったものの部屋はもぬけの殻で、再び会場まで戻らされた枢機卿の嫌みが炸裂した。

総帥も少しは悪いと思っているのか、ばつが悪そうにふいっと顔を逸らす。

そんな二人のやり取りを見て、ベルナルトとガイウスは巻き込まれないよう苦笑を浮かべるに留める。

ベルナルトは楽しそうに何かを話している息子を感慨深く見ていた。

いつも年齢より大人びた態度のフィリエル。

王族故に厳しくしつけられたせいもあるだろうが、父である自分の前でもわずかな緊張感を持ち、ある程度の距離感を保っていた。

それは魔力の強いフィリエルが魔力を不安定にさせないためには仕方がないことなのだろう。

ちゃんと父として慕ってもらえているのは分かっている。

しかし、寂しさはどうしようもなく感じてしまうのだ。

それが、年相応の笑顔を見せている。

魔力で相手を傷付ける心配がないからこそ、ユイの前では自然体でいられるのだろう。

「フィリエルのためにも、彼女にはぜひ伴侶となってもらいたいものだ」

「本当ですね」

ガイウスも同意した。

それには、レイスをどうにかしなければならないのはもちろん、ユイの才能目当てに近付いてくる者達もどうにかしなければならない。

ベルナルトは目の前の二人に視線を戻し、ふと疑問が浮かんだ。

「総帥、枢機卿。一つ聞いても良いか？」

言い争いを続けていた二人はぴたりと口を噤《つぐ》み、ベルナルトを見る。

「なんでしょうか」

「二人はユイを勧誘したいようだが、ずいぶん甘い対応をしているのは何故だ？　二人ならば、方法はいくらでもあるだろう」

ユイの勧誘に関してあくまで良識のある大人として振る舞い、ユイからは『面倒だけど誠意のあるおじさん』ぐらいに認識されているようだが、この二人がそんな生易しい人間でないのは王であるベルナルト自身がよく分かっている。

本当に組織に必要だと思うならば、この二人は躊躇いもなく実行に移すだけの冷酷さを持ち合わせている。

そうでなければ教会やギルドといった大きな組織をまとめられるはずがない。

たとえレイスが後ろにいるからといっても、レイスに分からないように、ユイが嫌だと言えないように仕向ける方法などいくらでもある。

だが、彼等はそうしない。

「おや、陛下はご存知なかったのですか？」

目を見張って枢機卿はベルナルトに視線を向ける。

「何がだ？」

「最初に彼女を勧誘しようと家に行ったその日に、先王陛下より文が届きましてね。彼女の意に反する場合はそれ相応の対応をすると」

「父上から⁉」

「俺の所にも来ましたよ。どうして庶民の娘に先王陛下が口を出して来るのか最初は不思議に思いましたけど……」

王に対し似合わない敬語を使いにくそうに口にしながら、総帥は中庭に目を向けた。

他もそろって視線を向け、中庭にいるユイとフィリエルを見て意味を理解する。

「そういうことか」

疑問が解けすっきりした総帥と枢機卿とは違い、ベルナルトの心中は穏やかではない。

「ぐぬぬぬ、父上めぇ」

自分だけ除《の》け者にされたような腹立たしさが湧き上がる。

しかし、枢機卿の次の言葉でそれも霧散する。

「まあ私の所は、元より教皇様から、彼女の意思を優先し無理強《じ》いはするなと厳命されておりましたので、先王陛下のご心配は無用でしたが」

「教皇だと⁉　教皇まで一枚咬《か》んでいるのか」

「ええ、むしろ彼女を見出したのがあの方ですから」

教皇まで出て来るとは、予想外過ぎて頭痛を通り越して気を失いたい。

「教皇か……。嬢ちゃんの周りは大物ばかりいるな、あの人だって……」

「あの人？」

総帥の口から出た不穏な気配を感じる言葉に、ベルナルトが過剰に反応する。

これ以上面倒事を増やしてくれるなと目が語っていた。

「ええ……先王陛下より厄介な人です。最初は強引にことを運ぼうとしたが、その人にしっかり牽制されましてね。この俺が、恐怖を感じて動けなくなるなんて初めての経験だった」

百戦錬磨の総帥を畏怖《いふ》させる人物。

王としても聞き逃せるものではない。

「誰なのだ、それは」

総帥はそれに答えず、ガイウスへと視線を向ける。

すると、ガイウスには心当たりがあるようで、驚愕し目を見開く。

「……まさか！」

ガイウスは誰とは口に出していないが、それが正しいというように総帥は頷く。

話の通じ合っている総帥とガイウスとは違い、ベルナルトと枢機卿は話についていけない。

「ガイウスの知っている者なのか？」

「は、はい、あの方は……」

慌てたように話し始めようとしたガイウスの言葉を総帥は遮った。

「待て。一度先王陛下に確認を取ってからの方がいい。あの人は知られたくないかもしれないのに、勝手をしたら後が怖いぞ」

ガイウスは途端に口籠もる。

その表情は心なしか青ざめているように見えた。

ガイウスの表情と普段の総帥からは考えられない弱気な態度に、それほどまでに危険な者なのかと、ベルナルトは不安になる。

「申し訳ございません、陛下。一度テオドール陛下に確認してからでもよろしいですか？」

「それは構わんが、危険な人物なのか？　その口振りからすると父上とも知り合いのようだが」

「いえ、危険な方ではありませんよ、むしろ普段は温厚な方です。ただ……忘れたかった古傷を思い出しまして……」

口元を引きつらせ顔色を悪くするガイウスを気の毒そうに見る総帥。

理由は分からなかったが、突っ込んではいけないと総帥の目が言っていたので、ベルナルトはそっとしておいた。

第八話【お祭り】

「これフィリエルに渡しておいてくれ」

カルロに呼び出されたルカは、やって来るやいなや大きな荷物を手渡された。

「これは？」

「服だよ、服。お前とジークのも入ってるから、明日バーハルの街に出かける時はそれを着てくれって、ユイからの伝言だ」

「明日？　……ああ、本当に行くのか」

ルカはフィリエルが合宿中ユイの買い物に付き合うと言っていたのを思い出す。

フィリエルは合宿で地方を訪れても、他の生徒のように自由時間を利用して観光や買い物に行ったりせず部屋で過ごすことが常だったので、その話を聞いた時も冗談で言っているのだろうとルカは思っていた。

「フィリエル様は、知っておられるんだろうな？」

「ああ。ユイに甘いフィリエルが、楽しみにしてるユイを前に断れるわけがないからな。よかったじゃないか、やっと外に出る気になって。あっ、もしエリザもついてくるなら地味で質素な格好して来いって言っといてくれ。まあ、絶対ついてくるだろうけどな」

それだけを言い、カルロは部屋から出ていった。

ルカは渡された包みを見ながら複雑な心境になる。

その魔力のせいで、フィリエルが人に触れる可能性の高い、人の集まる場所に行くことは滅多にない。

フィリエル自身がそういった場所を忌避しており、人に触れないよう馬車を走らせるから外を眺めるだけでも、とエリザやルカが何度となく誘っても決して首を縦に振らなかった。

いつも申し訳なさそうに断り、「お前達は気にしないで出かけてきてくれ」と逆に気を使《つか》うフィリエルに、最近では誘うことも諦め、出かけないことが当たり前となっていた。

それがどうだ、あれほど頑なに部屋に籠もることを選んでいたフィリエルの心を、ユイはいとも簡単に変えてしまう。

遠慮してばかりの主が楽しむのはルカとしても喜ばしい。

だが、同時に、側に仕える専属護衛として敗北感も覚えた。

そして、そう思うのは自分だけではないはずだ。

「エリザ様がどんな反応をなさるか……」

毎年、部屋に残るフィリエルを気遣って共に残っていたエリザ。

今回フィリエルが出かけると知れば確実についてくるだろう。

それ自体はなんら問題ないが、フィリエルを連れ出すのがユイというのが問題である。

いっそ内緒で出かけてしまえという声に誘惑されそうになるが、ばれた時が厄介だ。

なんと言えば穏便に済むだろうかと、憂鬱になりながらフィリエルの部屋へと戻ると、考えがまだまとまっていないというのに、部屋にはエリザが来ていた。

「……いらしてたのですか」

「何よ、いたら悪いの？」

ぎろりと睨まれるが、付き合いがそれなりにあるルカは慣れたもので、迫力ある睨みにも動じない。別のことで頭が一杯だったのもある。

「とんでもない。ただ、最近はいらっしゃらなかったので」

「……私だっていろいろ忙しいのよ」

不機嫌を隠すことなく、ふいっと視線を逸らすエリザは、王宮でユイが王と王妃に魔法を使い、初めてフィリエルとの触れ合いを果たした日を境にぱったりと姿を現さなくなっていた。

普段なら用がなくともフィリエルに会いに来ていたというのにだ。

合宿の準備や公爵令嬢としての付き合いなどで忙しかったのかもしれないが、これまでは忙しくともわずかな合間を見つけては会いに来ていた。

それがこの合宿中も、姿を見ても何故か接触をしてこなかった。

ユイの存在が関係しているのは明白だったが、エリザにも思うところがあるのだろうと、あえて何かを言うつもりはなかった。


ルカはテーブルの上に先程渡された荷物を置く。

「ルカ、その包みはなんだ?」

「先ほどカルロから渡されました。明日出かける際に着てほしいと」

「なんだ、服の指定まであるのか」

「はい、俺とジークの分もあるようです」

フィリエルがユイから聞いていたのはバーハルの街に明日出かけるということだけで、どこに何をしに行くか聞いても、ユイからは「内緒」としか言われていない。

そんなところも楽しくて仕方がないというように笑みを零すフィリエルに、エリザは信じられないものを見るように驚きを露わにした。

「フィル。あなた、出かけるの？」

「ああ、ユイと約束しててな」

「……またあの子」

エリザのその小さな呟きは側にいるフィリエルに聞こえることはなかったが、その声色には様々な感情が入り混じり、その多くを占めていたのは悲しみと苛立ち。

「私が今まで何度誘っても出かけようとしなかったのに、あの子の誘いなら素直に行くのね。あんな無表情で可愛げのない子、フィルには相応しくなんてないのに。どうして」

「エリザ、それぐらいにしろ」

エリザが最後まで言葉にする前に、フィリエルの怒りをはらんだ声に遮られる。

「ユイのことを何も知らないのに、非難するのは許さない。俺だけでなく、双子も怒らせることになるぞ」

ユイの表情が欠落した原因を知るフィリエルだからこそ厳しく咎めたのだが、エリザにはただ庇《かば》ったようにしか見えず、逆に苛立ちは増したようだ。

この時、ルカやジークではなく、双子という言葉が出て来たことにエリザが驚かなかったのは、ある程度ユイに関して調べていたからだろう。

不穏な気配をいち早く感じた、空気の読めるルカが慌ててユイの話から逸らす。

「エリザ様は明日どうなされますか？」

「行くわよ！　フィルが行くなら当然でしょ！」

「では、地味で質素な服を着て来ていただきたいとカルロが言っていましたので、お願いします」

「私がそんなもの持っていると思うの？」

「…………」

公爵令嬢として生まれた時からエリザの身の回りの物は最高級の品で取りそろえられている。

その上、もとよりエリザは地味なものより華やかな服を好み、飾り気のないシンプルな服はあまり持ってはおらず、合宿にも持ってきてはいなかった。

エリザは前触れもなく突然立ち上がると……。

「誰かに借りてくるわ」

そう言って部屋を後にした。


翌日、日の出の早い夏場だというのに、まだ日の昇り切らぬ早朝。

庶民にとってはそれなりに上質、しかし王族貴族階級の者ではほぼ袖を通す機会はないと思われる安価で質素な衣服を、それぞれが着用していた。

普段着ている服とは比べものにならない安物だが、フィリエルの服に関しては、きちんと魔力遮断の魔法が織り込まれた特別製である。

そうして、まだ他の生徒達は深い眠りに入っている早過ぎる朝に、眠気を押して門の前に集まると、そこには早朝であることを感じさせない爽やかな笑顔で手を振るアレクシスの姿があった。

アレクシスもまた、同じように質素な格好をしている。

「遅いよ、君達。待ちくたびれてしまったよ」

「兄上!? どうしてこちらに」

「街に出かけると小耳に挟んで、ぜひご一緒しようと待っていたんだよ。最近、王太子として任せられる仕事が増えたせいで、兄弟の触れ合いが少なくなってしまったからね。構わないかな?」

アレクシスはユイに視線を移す。

「はい、もちろんです」

「まさか、父上も一緒ですか?」

フィリエルは警戒心を露わにきょろきょろと辺りを見回すが、護衛だけでベルナルトの姿は見当たらない。

「残念ながら、昨夜遅くに王宮から連絡があって帰ってしまわれたよ。最後までごねていたけれどね」

「王宮で何かあったのですか?」

「きっと、お祖父様がまた何かをやらかしたのだろう。こんな機会は滅多にないのに父上も運がない」

テオドールが何かやらかすのは日常茶飯事で、ある時は城の一部を破壊、またある時は夏場で暑いからと王宮中を魔法で雪まみれにして、いたる所に雪だるまを作る等々。

その度にベルナルトは後処理に追われているので、帰った理由を聞き誰もが納得したが、一瞬にも満たないわずかな時、アレクシスの眼差しが鋭く光るのをフィリエルとセシルだけが気付いていた。

フィリエルは話を変え、ユイの許へと向かう。

「それで、どこに行く気なんだ、ユイ?」

「今日バーハルの街で夏祭りがあるの。仮装した人の行進が見られて屋台とかもたくさん出るのよ!」

ユイはウキウキとした気持ちが抑えきれずに声に表れているが、祭りと聞いて喜んでいるのは、テオドールから大まかに話を聞いていたアレクシスと、祭りに行けると単純に考えているジークだけ。

「待て、ユイ。俺が祭りなんて人が密集した所に行けるわけがないだろ」

「大丈夫、ちゃんと考えてるから」

自信満々に答えるユイだが、問題はそれだけではない。

「フィリエル様だけでなく王太子殿下を警備のない場所へお連れするわけには参りません」

ルカの尤《もっと》もな指摘に、周りはうんうんと頷く。

この場には数名の護衛が共にいるが、祭りで人が多く集まった場所での警備には到底足りない。

「それも大丈夫です。この前の王宮での一件のご褒美で、テオじ……先王陛下にお祭りに行きたいからって警備の手配をお願いしましたから、街にはすでに護衛の人を配備してくれています」

「ああ、あの連絡はこのことだったのか」

内緒のおねだりの内容が分かり、セシルとカルロはようやく合点がいったようだ。

残る謎はレイスに頼んだ誕生日プレゼントだが、それもじきに分かるだろう。

「お祖父様が手配したのなら問題はない。話は後にして、とりあえず出発しよう。私とフィリエルとユイとで乗るから、残りはもう一つの馬車に乗ってくれ」

「いいえ、私は兄様達と同じ馬車で大丈夫です」

まだ数える程しか顔を合わせたことのないアレクシスと、狭い馬車で数時間も一緒にいるなど恐れ多い。街に着くまでに気疲れしてしまうと思い、ユイは同席を辞そうとしたのだが、アレクシスは抜け目がなかった。

「移動中に食べようと、王宮から軽食を取り寄せておいたんだ。食べながらお喋りをしようじゃないか!」

「はい、喜んで！」

再び王宮の絶品料理が食べられると、ご機嫌でいそいそとアレクシスと共に馬車に乗っていくユイに、フィリエルはセシルとカルロと顔を見合わせ苦笑を浮かべる。

セシルとカルロの二人と別れ、やれやれと溜息を吐きながらフィリエルも後に続く。

フィリエルと別の馬車にされてしまい不満顔のエリザだが、王太子の決定に否と言えず……と言うより、騒いだところで丸め込まれるのを分かっていたので大人しく別の馬車に乗り込み出発した。

護衛の者達が乗った馬車を含め、三台でバーハルに向かう。

長い移動中、緊張で胃を悪くしないかと心配していたユイだが、予想に反して車内は和気あいあいとしていた。

王太子として他国の使者や老若男女問わず様々な人種と接する機会の多いアレクシスは、初対面の者にもそう感じさせない話術と豊富な話題と、話しやすい穏やかな雰囲気があるおかげだろう。

だが、一番威力を発揮しているのはアレクシスが用意した食べ物だろう。

アレクシスが差し出したバスケットの中には、車内でも食べやすいよう、手掴みで食べられるものがそろえられていた。

ユイはその中からミートパイを掴み、一口齧《かじ》りつくと、頬に手を当てた。

「〜っ」

「美味しいかい？」

「絶品ですっ！」

「そうだろう、そうだろう。このミートパイは王宮でも人気でね、職員の食堂に並んだら、いつも争奪戦が起きるんだよ。あっ、こっちのスコーンも食べてごらん。付け合わせのジャムはこの辺りで取れるミルクで作ったミルクジャムだよ」

「むぐむぐ……。幸せ～！」

言葉通り幸せそうに食べるユイに、アレクシスは次から次へと食べ物を与える。

その姿は、懐かない猫を必死で餌付けするかのよう。

そのおかげか、バーハルの街に着く頃には、最初のような緊張をはらんだよそよそしさもなくなっていた。

後日、この話はベルナルトやアリシアにも伝わり、「ユイには食べ物」というのが王家に定着したのである。


バーハルの街には、お祭りが始まる時間よりかなり早くに到着した。

そのため開店している店舗は少なく、大通りには屋台のテントがずらりと並んでいるが、準備中や準備すら始めていないものがほとんどで、人通りも少ない。

ユイ達の乗った馬車は大通りに面した宿の前で止まり、ぞろぞろと馬車から降りる。

「ユイ、ここか？」

「うん、お祭りを建物の中から見たいってパパに誕生日のお願いして、この宿を貸し切ってもらったの。貸し切りだから静かだし、宿の中で誰かとすれ違うこともないから、エルも周りを気にせず楽しめるよ」

セシルとカルロは宿の外観を見上げて感心している。

「これが例のプレゼントか。でもよく祭りの最中に貸し切れたね」

「立地も建物もかなりいいのにな」

高級宿とはいかないが、綺麗な建物でお祭りが行われる大通りがよく見えるバルコニーもある。お祭りのある今ならば満室になっていておかしくない。

兄二人の疑問に、ユイは困ったように眉を下げる。

「あー、うん。私は一部屋借りられればそれでよかったんだけど、パパが張り切っちゃって……」

「納得」

「父さんなら伝手もたくさんありそうだしね」

自分からおねだりすることが滅多にないユイからの頼みに、レイスが張り切らないはずがない。

「それじゃあ中に入ろうか」

アレクシスがそう言い、他の者も後に続いて中に入ろうとしたが、慌ててユイが行く手を阻む。

「駄目っ、ちょっと待ってください！」

「どうしたんだい？」

「このまま宿に入ったら、朝早くに出発した意味がないです！」

「何かあるのかい？」

ユイは馬車の所へ走って行き、荷物を下ろしていた護衛の許へ行き何かを受け取って戻ると、アレクシスとフィリエルの頭に、手にしていた物をそれぞれに乗せる。

「帽子？」

「なんなんだ、これは」

ユイの行動の意味が分からず一同は首を傾げる。

「お祭りに来たのに屋台を見ないなんて絶対駄目です！」

「それで何故帽子？」

「二人は顔が目立つからです！」

さも当然というように話すユイに、護衛を含め誰もがなんとも言えない顔をする。

確かに、美形なこの兄弟が顔をさらして歩けば、いくら人通りが少なくとも人目を集めてしまうだろう。

セシルとカルロも人目を引く容姿だが、フィリエル達ほどではないし、祖父の店の手伝いで庶民の暮らしを知る二人は所作も使い分けができるが、フィリエルとアレクシスの立ち居振る舞いは明らかに貴族階級のもので、庶民とは程遠い上流階級の雰囲気が溢れ出ている。

少しでも人目を引かないようにとの解決策として帽子なのだが、フィリエルとしてはそういう問題ではなかった。

フィリエルは困ったような表情で、幼い子供に言い聞かせるように話す。

「あのな、ユイ。何度も言ったと思うんだが、俺は魔力が強いから人に触れない。いくら早朝で人が少ないとは言っても、人に当たらないとは限らないだろう？」

ユイはフィリエルに触れるのに問題がないので、危険性をよく理解できていないのではないだろうか、というフィリエルの思いが透けて見えたユイは不満そうにする。

「改めて言われなくても、ちゃんと分かってるよ」

ユイはフィリエルの右手を取ると詠唱をして魔法陣を刻む。次に自身の左手にも魔法陣を刻み込んだ。

フィリエルは不思議そうに手の甲の魔法陣を見つめる。

「ユイ、なんだこれは。以前王宮で父上達に対して使った魔法と似ているが」

「似ているんじゃなくて、同じもの。魔力を遮断する魔法だから、外からの魔力を通さないってことは、中からの魔力も外には出ないってことでしょう？　だから、これをエルが使えば人とぶつかっても大丈夫。合宿前に徹夜で頑張ったけど、まだ改良しきれてないから時間制限があるのが難点だけど、屋台を楽しむ時間は十分取れるよ。いざ、屋台の食べ歩き！」

徹夜で準備してまで徹底的に楽しむつもりのユイに、呆れとともに感心する。

だが、それだけフィリエルと出かけるのを楽しみにしていたのだ。

自らの魔法は理解したようだが、次にフィリエルの視線は気になっていたユイの左手に移る。

「ユイも同じ魔法を使ったのか？」

「ううん、私のは魔力を移動させる魔法を継続的にできるよう、効果を固定したものだよ」

魔力を使い過ぎた重度の患者に、魔力を分け与える時など、医療の場でよく使われている魔法だ。

ただし、魔力を移動させるには、どこかしら触れ合っている必要があるので、ユイはフィリエルの手を握る。

「こうやってエルと手を繋いで、エルの魔力を私の方に流すの」

それを聞いてカルロが疑問をぶつける。

「きちんと遮断しているなら、わざわざ魔力をユイに流す必要はないんじゃないのか？」

「完全に遮断するってことは、人が無意識に外に放出している魔力を体内に溜め続けるってことなの。普通の人の魔力なら問題ない時間でも、エルの魔力は強過ぎてすぐに限界が来ちゃうから、私がそれを受け入れるようにするの。たとえば、風船に空気を送り続けたらどうなると思う？」

「そりゃあ、耐え切れれずに、こうバーンっと破裂……」

「そうなったら大変でしょう」

その状況を想像してしまい、誰もが顔色を悪くし沈黙する。

特に、当事者であるフィリエルが感じる恐怖は尋常ではなく、青ざめながら絶対に離すものかと言わんばかりにユイと握る手に力を入れた。

「エル、大丈夫よ。ちょっと手を離したぐらいで、そうはならないから」

そうは言っても、破裂すると言われて平静でいられるはずがない。

恐怖に怯えるフィリエルとは違い、冷静だったアレクシスはユイを気遣う。

「君は大丈夫なのかい。それはつまり、フィリエルの魔力を受け続けるということなのだろう？魔力を受け入れるのは相当辛いと聞く。それに今度は君の魔力が増え過ぎて体が耐えられなくなるのではないのか？」

つい最近、フィリエルの魔力の強さを身をもって体験し、想像を絶する痛みと苦しみを受けたアレクシスだからこそ、心配は人より大きいのだろう。

「増えた魔力は魔法の維持に使いますから大丈夫です。それに……」

「それに……？」

「いえ、それより、早く屋台を見に行きましょう。時間も限られていますし」

途中で話を止めたユイをアレクシスは訝しく思ったが、時間制限があるのは確かなので、ユイに従い開いている屋台を目指す。

「具合が悪くなったらすぐに言ってくれ。護衛の中には医療に携わる者もいるから」

「はい」

上手く話を逸らせたと、ユイは心の中で安堵した。

通常、魔力を移動した場合、魔力を受ける側は自分とは違う魔力の侵入に嫌悪感を抱くものだ。

実際にユイがセシルとカルロで試した時も、自分のものとは違う魔力への違和感と不快感で、吐き気を感じるほど気分が悪くなった。

兄妹という近しい間柄でもそう感じてしまうものなのだ。

だというのに、ユイはフィリエルの魔力を受けてもまったく気持ち悪さを感じない。

それどころか、自分の中の欠けていたものが満たされるような充足感を覚えるのだ。

これは普通にはないことのようで、調べてみたが分からなかった。

とは言え、特に隠す必要があるほどのことではなかったのだが、なんとなく話すのが躊躇われた。

その後、魔法の効果の続く限り、屋台を回っていく。

その間、ユイとフィリエルの手は繋がれたまま。

いつもならば、フィリエルの隣にいるエリザの場所にいるユイと、仲良く手を握る二人の姿を見ているエリザ。

エリザの性格と、これまでフィリエルに近付く女性に対して威嚇をしてきた過去を知るカルロ達は、大騒ぎし出すかと身構えていたのだが、予想に反してエリザは大人しかった。

視線に険しさはあるものの、静かにフィリエルとユイを見ている。

フィリエルは屋台よりも、周りを気にせず街を歩けるこの時間を嬉しそうにしているが、それ以上にアレクシスが誰より楽しんでいた。

何度かテオドールに連れられ、庶民の格好をして街に出かけた経験のあるフィリエルと違い、アレクシスは公務以外の理由で王宮の外に出るのは初めてのようで、初めて見る庶民のお祭りを物珍しそうに眺め、あちらこちら見て回っては、これはなんだあれはなんだと聞き回っている。

興味の湧いた物はとりあえず手に取り、買い、食べる。

そこに初めての物への躊躇いも、庶民と同じ物を食すことへの抵抗も一切ない。

「さすがテオ爺の孫」

「好奇心の旺盛さは血筋だったか」

セシルとカルロは感心した様子だった。

普段食べる柔らかい上質な肉とは違い、硬く安い肉の串焼きに齧りつき「うまい！」と言える上流階級の者がどれだけいるだろうか。

おそらく、少なくない人数の者達が、顔をしかめるのだろう。

あまりに美味しそうに食べるアレクシスを見た店主に、「兄ちゃんいい食べっぷりだね」と褒められ、もう一本おまけをしてもらっているアレクシスに、全員が笑みを浮かべる。

串焼きに綿飴にアイスクリーム。

ひたすら食べ物に走っていたユイは、ピュイピュイという可愛らしい鳴き声に足を止め、フィリエルを引っ張り、鳴き声が聞こえる屋台へと歩み寄る。

「可愛い～」

屋台の台に置かれた木箱の中を覗くと、ユイの拳程の大きさで、全身毛で覆われた毛玉のような生き物がたくさんいた。

全身を覆う真っ白な毛はふわふわとしていて、上質な綿毛のように手触りがよさそうだ。

その真っ白な毛から覗く黒くつぶらな瞳がまた愛らしい。

木箱に二十匹程いるだろうか。

その中で一匹、ユイに熱い視線を送っている毛玉に気付き、ユイもじっとつぶらな瞳を見つめる。

そして見つめ合うことしばらく。

「エル！　この子連れて帰りたい！」

「待て待て」

興奮を抑えきれないユイをなだめながら、フィリエルはセシルとカルロへ助けを求めるように視線を向ける。

セシルとカルロが寄ってきて屋台の看板を見ると、そこには『プリュム釣り』の文字があった。

「プリュムだね。飼いたいの？」

「うん、この子がいい！」

そう言って、見つめ合っていたプリュムを指差す。

プリュムは魔獣に分類される生き物だが、戦闘力は皆無。

性格は穏やかで、見た目の愛らしさからペットとして飼われている。

弱い生き物だが、全身を覆っている毛を変質させる能力を持ち、時には毛を硬くしウニの刺《とげ》のようにして身を守ったり、またある時は羽のように柔らかくして風に飛ばされたり、別の生き物の毛に絡ませくっついたりして移動する。

この屋台は、その習性を利用して、獣の毛皮を巻きつけた棒を垂らし、プリュムをくっつけて釣るもののようだ。

屋台の前に留まって動かないユイ達に気付き、アレクシス達も集まってきた。

「プリュムか、貴族の令嬢の中にも飼っている者達がいたね。ユイが飼うのかい？」

「そうしたいようなんですが、やはり生き物を飼う以上、父か母に相談してからの方がいいのではと……」

「おい、セシル。聞いてないぞ」

トントンと肩を叩かれたセシルが目を向けると、並々ならぬ気迫で店員にお金を払っているユイがいた。

「こら、ユイ」

「まあ、いいんじゃね？　ユイが研究以外でこんなに興味を持つことなんて中々ないし」

これだけ飼う気満々のユイに対して、レイスとシェリナは駄目だとは言わないだろう。

それに、プリュムを連れて帰るには制限時間内にプリュムを釣る必要があるようで、必ずプリュムが毛皮にくっつくとは限らず、プリュムの気分次第のようだ。

その上、木箱の中にはたくさんのプリュムがいる。

「ユイの言っているこいつが釣れるとは限らないぞ」

フィリエルは忠告するが、ユイはやる気満々だ。

「大丈夫、絶対に釣れる」

「その自信はどこから来るんだ」

呆れるフィリエル達の視線をものともせず、店主から棒をもらい箱の中に垂らす。

すると、棒を垂らした瞬間、熱い視線を送っていたプリュムは、目にも留まらぬ早さで他のプリュムを押し退《の》け、毛皮の巻きついた棒の先に食らいついたのだ。

「えっ」

これには、店主を始め、見ていた全員が驚きの声を上げた。

「なあ、おっちゃん。プリュムって毛を絡めてくっつくんじゃなかったのか？　こいつ今噛みついたぞ、しかも周りにいたプリュム吹っ飛ばされてるし」

「他に渡してなるものかと言わんばかりの、ただならぬ執念を感じたな」

「餌をあげ忘れたのか？」

「いや、おかしいなぁ。ご飯やってからまだ時間経ってないんだけどな。それに雑食のプリュムでも毛皮は食べないし」

カルロ、セシル、フィリエルが次々に疑問を投げかけるが、何十年とプリュムを扱っている店主も困惑している。

そもそも、プリュムは温厚でのんびりとした生き物なので、同族に攻撃したり今のように素早く動くことはないものなのだそう。

初めて見るプリュムの行動に首を捻る店主だが、「まあ、中にはそういう性格の奴もいるだろう」という、結論となった。

困惑する一同をよそに、ユイは目的のプリュムが釣れて大喜びしながら、ふわふわな毛に頰ずりしていた。

「可愛い」

「ピュイィィ」

「名前付けないとね、えっと……」

ふと、頭の中に自然と浮かび上がった名前があった。

「……シュリ」

そうだ、この子はシュリだと、自分の中の何かが叫んでいた。

「シュリ……」

名前を呼ぶと、嬉しそうな鳴き声を上げて擦り寄る。

その行動はまるでユイの言葉を分かっているかのようだ。

「ねえ、おじさん。プリュムって人の言葉の意味が分かってるの？」

ユイは気になって屋台の店主に聞いてみる。

「プリュムがかい？　そりゃあ、犬と同じで訓練すればお手とか待てとかの行動をすることはあるが、言葉の意味まで理解はできないよ。人ほど知能も高くないし、何より魔獣だしなぁ」

「そうなんだ」

「まあ、雑食でなんでも食べるから飼うのは難しくない。可愛がってやってくれよ」

「はい」

シュリを肩に乗せ、屋台を後にする。

フィリエルにかけた魔法の効果がじきに切れる頃には開店している店も増え、それに伴い人通りも多くなってきたので、急いで宿へと戻る。

もし人混みでフィリエルとユイが離れてしまっては大変なことになるからだ。

宿へと戻ってきたユイ達が大通りを見渡せるバルコニーで一息吐くと、それを見計らったように様々な軽食とお茶が運ばれて来る。

ユイは先程釣り上げたシュリに食べ物を与えるが、肉も野菜もパンも、何一つ食べようとしない。

「食べない……。ねえ兄様、プリュムって本当に雑食？」

「そのはずだけど、お腹が一杯なのかもしれないよ」

「でもあれから大分時間経ったのに。……シュリ、この中で食べたい物ない？」

「ピュイ？」

聞いて答えるわけがないと誰もが分かっていたが、可愛らしいシュリとユイのやり取りを微笑ましそうに見ていた。

が、次のシュリの行動に絶句した。

シュリはたくさんの食べ物が並べられたテーブルを見渡すと、蜂蜜の入った瓶の所に弾みながら移動し、瓶の前で何かを訴えるようにぴょんぴょん飛びながら鳴き声を上げた。

「ピュイピュイ」

「シュリはそれが食べたいの？」

「ピュイ」

そうだと言うように嬉しそうに鳴く。

ユイは、蜂蜜をスプーンに取り差し出すと、シュリはペロペロと蜂蜜を舐めた。

「シュリは蜂蜜が好きなのね」

「ピュイ」

楽しそうに会話する一人と一匹を見て、カルロは自分の目で見ているものに間違いがないか片割れに確認する。

「……なぁ、会話が成立してないか？」

「いや、そんなはずは……。だって、プリュムにそんな知能はないし」

「そうだよな、たまたまだよな」

そうは言うものの、その後もユイが話すと、まるでユイの言葉を分かっているような返事や行動を取るので周囲を驚かせた。

「ユイに懐いてるみたいだから、問題なさそうではあるけど……」

「王宮に帰ったら魔獣の生態に詳しい者に聞いてみるか」

プリュムとは違う新種という可能性もあり、セシルはユイの側に置くことを心配したが、ユイに危害を加える様子はないようなので、今は様子を見るに留め後日プリュムに詳しい王宮の専門家に聞いてもらうことにした。

しばらくして、管楽器が高らかに鳴る音が響くと同時に人々の歓声が上がる。

「あっ、始まったみたい」

管楽器や太鼓を持った楽隊の音に合わせて仮装した人々が大通りを練り歩く。

大通りの両端には仮装した人々を見ようと、大勢が列を成しているが、バルコニーからは誰にも邪魔をされず楽しむことができた。

バルコニーから、先程まで歩き回っていた通りを眺めながら、ユイはフィリエルの手をそっと握る。

「ユイ？」

「楽しいね」

「ああ……」

フィリエルはユイと同じように通りに視線を向ける。

「……あのね。いろいろ考えてたの。あの人のこととか、エルのこと。将来のことも。……けど、やっぱり答えは出なかった。それでも私にとってエルは特別なの。簡単に終わらせるなんて嫌。だから、もう少し時間をくれない？　ずっと逃げてた私には、ちゃんと考える時間が必要だと思うの」

通りからフィリエルに視線を移し、問いかける。

「駄目？」

「そんなわけないだろ。俺の執着心を舐めるな。ずっと待つよ」

フィリエルは柔らかな笑みを浮かべると、ユイもつられるように微笑んだ。

エピローグ

「おい、急げ‼」

「これでも精一杯走ってるー！」

合宿も終わり、王都へ帰還する日。

人目をはばからずバーハルの駅を走るイヴォ、ライル、フィニー。

三人から遅れて、たくさんの荷物を持って息を切らして後をついていくクロイスと、シュリを肩に乗せたユイの姿があった。

　これが最後だからとユイとクロイスがお土産を買うためお店を見て回った結果、列車の発車時刻ぎりぎりとなってしまい、駅を爆走するはめになったのだ。

「お前達が早く決めないからだぞっ！」

「そんなこと言ったってぇ」

「イヴォ君もユイちゃんも、口を動かす前に足動かして‼」

　言い合いを始めるユイとイヴォをライルが窘《たしな》める。

　そうこうしている内にユイ達の乗る列車が見えてきたが、出発を告げる汽笛の音が駅に響き、焦りは最高潮に達する。

「うわっ、やば！」

「もう無理なんじゃない？」

「フィニー、余計なことを言うな！　まだ間に合う、気合いでなんとかしろ！」

「ピュイピュイー！」

　頑張れと言っているかのようなシュリの声援を聞きながら、最後の力を振り絞って全速力で列車に飛び込む。

　なんとか全員が乗り込んだ瞬間、扉が閉まり列車が動き始めた。

「間一髪……」

　全員、呼吸をするのも苦しいほど息を切らして、その場に座り込んだ。

列車に乗れたとほっとしたのも束の間、バーグに見つかり説教が始まってしまった。

「馬鹿者ぉぉ‼　列車に飛び乗るなど危険な真似をしよってからに！　小さな子供ではないのだから、時間ぐらいはきちんと確認しながら行動しないか！」

バーグの説教を聞いている余裕などなかったが、車掌が止めに来るまでのしばらくの間、強制的に通路のど真ん中でバーグの怒声を聴き続けるはめになる。

こうして、いい思い出も、悪い思い出もできた合宿が終わった。

番外編【二人の出会い】

ガタガタと揺れる馬車の中は異様な緊張感に包まれていた。

ユイの前には兄である、セシルとカルロ。

そしてユイの隣には、この緊張感の原因とも言える三人の父親、アーサー・オブラインが座っている。

誰も話すことはなく、沈黙が支配している空間に、ユイは居心地が悪くできる限り父親に近付かないよう扉側へ身を寄せる。

こんな状況になってしまったのは、とある貴族の屋敷で茶会があるためだ。

普段ならば優秀な兄二人だけを連れ、人前に出すことを嫌うユイはシェリナと共に留守番なのだが、今回はオブラインの事業の取引先の者がリーフェを見てみたいと言ったせいで、アーサーは仕方なくユイを同行させた。

まるで珍獣を見せろとでもいうようで失礼な話だが、ユイに拒否権はない。

向かった屋敷は、オブラインよりも数段立派な建物で、通された庭園は目を見張るほど美しく、庭園にはいくつものテーブルに軽食が並べられ、すでにたくさんの人が手に皿を持ち、あちらこちらで談笑を始めていた。

貴族の集まりには滅多に参加しないユイには、そのすべてがキラキラと輝いて見える。

しかし、楽しかった気分も父親の言葉ですぐに霧散する。

「勝手なことはするな、お前は聞かれたことだけを話せば良い。オブラインの名に傷を付けたらただじゃすまさないぞ。分かったな」

「……はい、分かりました」

「私は少し挨拶回りをしてくる、くれぐれもこの場所から動くな」

「はい」

去って行くアーサーの後ろ姿を、ずっと側にいたセシルとカルロは憎々しげに見送った。

人混みに紛れ見えなくなると、二人の兄は同一人物かと疑ってしまうほど表情を一変させ、柔らかい笑みをユイへ向ける。

「あいつのことは気にしなくていいからな」

「そうだ、ユイ。お菓子は欲しくないか？」

「うん、欲しい」

「じゃあ、すぐ取ってくるから少し待っていて」

そう言ってユイの好きそうなお菓子や軽食を取ってきた兄二人と共に食事を堪能したおかげで、沈んだ気持ちは幾分上昇した。

しばらくすると、庭園のとある一角がざわざわと騒がしくなった。

「なんだ？　誰か来たのか？」

「偉い人？」

ユイとカルロが周囲を窺っていると、飲み物を取りに席を外していたセシルが戻ってきた。

「どうやら、先王陛下とフィリエル殿下が、お忍びでいらしたらしい」

「先王陛下はまだしもフィリエル殿下までか？」

「ああ」

驚愕するカルロと違い、いまいち状況が理解できていなかったユイは首を傾げる。

「兄様、陛下と殿下ってことは偉い人だよね？」

まだ八歳で、社交の場にあまり出席しないユイは王族を知ってはいても、どれほど偉い人かまではぴんとこなかった。

「そうだよ、無礼があってはいけないから、絶対に近付いたら駄目だからね」

「もし近付いたら、不敬罪で首ちょんぱされるぞ」

「首ちょんぱ⁉」

「カルロ、余計な言葉を教えるなよ……」

呆れ果ててるセシルと楽しそうなカルロをよそに、絶対に近付かないとユイは心に決めた。

楽しく話していた三人だが、不意にセシルとカルロの表情が強ばり、釣られるように二人の視線の先を見れば、でっぷりとしたお腹を揺らした初老の男性と共にこちらへ向かってくる父親の姿がある。

無表情のユイの顔がさらに固まる。

「お前達は、どこかへ行っていろ」

「ユイと一緒にいます」

「聞こえなかったのか、行け」

血の繋がった我が子に対して話しているとは思えない、血の通わない冷たい声。

ユイにまで音が聞こえそうなほど歯噛みしながらも、反抗できずセシルとカルロは背を向け歩き出した。

「これが噂のリーフェか」

「ユイと申します」

ユイは失礼のないよう淑女の礼を執る。

「薄茶の髪に水色の瞳、白磁を思わせる肌の色。確かに人形のように美しい色合いだ。しかし、随分と愛想がないようですな」

アーサーから笑えというような厳しい眼差しを送られ、ユイも笑おうと努力したが、思うように表情は動いてくれない。

「申し訳ありません。やはり、リーフェは色々と欠陥が多いようでして」

「おお、それはなんとも残念だ。政略にも使えぬ欠陥品を娘としてお育てになるなど、伯爵もなんと慈悲深いことか。私ならば、生まれたその日に母親共々施設へ送っていることでしょう」

本人を目の前にして止まることのない蔑みの言葉の数々。

ユイは心を無にして必死に耐えた。

しばらくして言い飽きたのか、ユイの反応がなかったので諦めたのかは分からないが、ようやくその場から解放された。

セシルとカルロを探し庭園を歩き回るとすぐに二人を見つけたが、ユイはそれ以上進めず足が止まる。

二人の周りにはたくさんの同じ年頃の子供達がいたのだ。

その中心で楽しそうに笑顔で談笑する兄達を見て、その中に入って行くことができず踵を返す。

何をするでも、どこへ行くでもなく庭園の中をふらふら歩いていると、一人の少女が目に入った。

ユイと同じか少し年下の少女は、父親に抱き上げられ楽しそうに笑っている。

父親も少女を慈しむような優しい眼差しを向けているのを見て、ユイは泣きそうになった。

生まれてこの方父親から抱き上げられたことも、優しい眼差しを向けられたこともない。

今回のように父親の役に立てれば、あの少女のように接してくれるのではと、わずかな期待でついて来たが、やはり父親の態度は変わらない。

自分がリーフェでなかったら。

兄達のように優秀だったなら。

何度となく繰り返した自問自答に、涙がこみ上げてくる。

しかし、こんなに人がたくさんいる場所で涙を流せば、父親に叱られてしまう。

失望した矢先に、また父親に嫌われまいとしている自分に嫌気がさしながら、人のいない場所を探し庭園の奥に入っていく。

そうして見つけた邪魔する者のいない静かな場所で、一人涙を流した。


「いつまで拗ねておるのじゃ、フィリエル」

苦笑するテオドールの視線の先には、流れ行く外の風景を眺めながら、テオドールに答えることなく無言で不機嫌さを訴えるフィリエルがいる。

今、二人は馬車の中。

テオドールの知人の屋敷で行われる茶会に、非公式で訪れようとしているところだ。

しかし、フィリエルは出発の直前まで行くことを全力で拒否。

体格でまだまだ敵《かな》わないテオドールに馬車へ放り込まれ、強制的に出発された。

納得がいかないフィリエルは、いまだに腹の虫が治まらないでいたのだ。

「俺は行きたくないと言ったのに」

「お前も、王族ならば、社交の場には慣れておいた方が良かろう。普段は滅多に出席しないのじゃから」

「俺が良くても周りが嫌がるでしょう」

「フィリエル……」

悲しげなフィリエルの呟きに、沈黙が落ちる。

フィリエルは、まだ魔力の制御が甘く、そこに立っているだけで強い魔力の気配を発する。

それは、人に本能的な畏怖や恐怖を与えるようで、社交の場などに出席すれば、必ずと言っていいほど遠巻きに怯えるような視線を向けられるので、そういった席を極端に嫌っている。

王族故に、あからさまな態度は取られないが、気を使う周囲の行動がなおさらフィリエルを苦しめていた。

「フィリエルの気持ちも分からんでもないが、数年すればお前も学園に通うことになる。その時のためにも、顔見知りは増やしておいた方が良い。せっかく通うのじゃから、友人達と楽しい学園生活を送った方が良いじゃろ？」

「俺に友人なんてできるはずがないでしょう。皆怖がって逃げていきますよ」

卑屈な態度を崩さぬフィリエルの頭を、テオドールは少し乱暴に撫でた。

屋敷に着き、庭園へ案内されると、すぐにテオドールとフィリエルだと気付いた周囲の者達が騒ぎ出す。

テオドールの許に次々と貴族の者達が挨拶しに集まってくる。

テオドールはそれらに慣れた様子で対応していくが、挨拶に来た貴族はテオドールの側にいるフィリエルから溢れる魔力に怯えを見せる。

中には、フィリエルに近付けないからと、挨拶を諦めて離れていく者もいる始末。

怖くて仕方がないはずだというのに、表面上は取り繕い、笑顔でフィリエルに話しかける大人が滑稽《こっけい》に思えてくる。

「お祖父様、少し庭園内を散策してきても構いませんか」

あからさまにほっとするも、一瞬で取り繕う周囲の大人達。

テオドールは難しい顔をしながらも、許しを与えた。

フィリエルがうろうろと彷徨《さまよ》っていると、自然と周囲から人がいなくなり、ぽっかりと空間が開ける。

フィリエルに触れれば危ないことは、貴族だけでなく国民すべてが知る話なのだから当然かもしれない。

わざわざ危険を冒す自殺志願者はここにはいないのだろう。

そう思っていたが、目の前に人が立ちはだかった。

それはフィリエルと同年代の複数の少年と少女。

王族の行く手を阻む無礼な行為に周囲の大人達が驚くが、フィリエルはそれよりも自分に近付いて来たことに驚いた。

「初めまして、殿下。私はバリュー男爵家の息子です。ぜひ、お話をご一緒にしませんか?」

王族と顔見知りになりたいと思っての行動だろう。

しかし、残念ながら誰もがフィリエルの魔力に怯え顔色を悪くし震えていた。

それ以上声も出せなくなり動くこともできなくなった少年少女達を前に、フィリエルも立ち去るべきか悩んでいると、横から助け船が入った。

「失礼致します、初めまして殿下。私は、オブライン伯爵が息子、セシル・オブラインと申します」

「私は弟のカルロ・オブラインと申します」

突然現れた自分と同じ年頃で同じ顔の少年二人を交互に見つめる。

「双子?」

「はい、おっしゃる通りです」

「初めて見た」

「それは、光栄でございます」

セシルが固まって動けなくなった子供達を一瞥《いちべつ》すると、フィリエルも思い出したように視線を戻す。

「あ……あの、あ……」

フィリエルの注目が再び自分達に戻ってきたことに、彼等は動揺し上手く言葉にならない。

「どうやら、殿下を前にして、緊張して言葉も出ないようですね」

「殿下とお話ししたいならば、先に礼儀をきちんと学んでおくべきだろう。殿下の行く手を阻むなど、もってのほかだ。分かったな」

セシルとカルロの助け船に、少年少女達は無言で頷き、逃げるようにその場を去る。

「助かった、礼を言う」

彼等がフィリエルの魔力に怯えて動けなかったのは、誰の目にも明らかだったが、セシルのフォローで緊張故の行動に変わった。

いくら非公式とは言え王族に無礼な態度を取ったのだが、子供が緊張から失敗したと言うなら、そう酷い罰は受けないだろう。

せいぜい、親からこっぴどく叱られるぐらいだ。

「いいえ、殿下のお役に立てたのなら、これ以上の喜びはございません」

笑顔を絶やさない二人を見つめながら、二人が自分に対し怯えを見せていないことに気が付いた。

「お前達は私が怖くないのか？」

「もちろん、怖いですよ」

あっけらかんと告げる言葉は、内容を裏切っている。

「ですが、殿下はその強大な力で人を傷付けようとは思っておられないでしょう？　傷付けようと思っている人間は、自分が怖いかと不安そうに聞いたりしません」

初めて言われた言葉にフィリエルは面食らう。

「学園で同じクラスになられるかもしれませんので、今からお近付きになっておこうという、魂胆でもありますが」

「私と同じ年なのか？」

「はい、学園で共に勉学できる日をお待ちしております」

「では、私共はこれで失礼いたします。機会がありましたら、また」

礼を執り去って行く二人を見ながら、フィリエルはセシルとカルロという名を胸に焼き付けた。

あれほど嫌だった学園生活が、少し楽しみだと感じた瞬間だった。

そして、フィリエルは再び庭園内の散策を始め、日差しの暑さに負けて手袋を外しながら、人気のない奥へ入っていく。


ユイが誰もいない庭園の奥で声を殺して泣いていると、人の気配を感じて、振り向けばお互い驚いたように目を丸くする。

「誰？」

ユイはしゃくりあげながら、突然の来訪者を見つめた。

「あ……えっと、フィリエル」

「フィリエル？」

どこかで聞いた名前だとユイが記憶を辿ると、先ほど兄達が言っていた殿下の名前を思い出した。

「確か、王族の人……？」

「ああ、そうだが、こんな所でどうしたんだ？　泣いているみたいだが、何かあったのか？　茶会に呼ばれた家の令嬢だろう、すぐに誰か呼んでくる」

子供の慰め方などまったく分からないフィリエルは、係わり合いになりたくないと言わんばかりに助けを求めようと踵を返す。

しかし、父親や兄に泣いていることを知られたくなかったユイは慌ててフィリエルを止めようと立ち上がったが、勢い余ってフィリエルに激突し、そのまま二人そろって地面へ倒れ込む。

倒れ込んだ二人は、別々の理由で青ざめた。

フィリエルは他人に触れてしまって。

ユイはカルロの言葉を思い出して。

「あ……」

「首ちょんぱぁぁ！」

「へ？」

青ざめながら突然意味不明の言葉を叫んだユイに、フィリエルは素っ頓狂な声を出す。

「兄様が王族の方に近付いたら、不敬罪で首ちょんぱの刑だって！　……ところで、首ちょんぱってどんな刑？」

カルロから聞いていたが、いまいち分かっていなかった。

「首を切り落とすってことじゃないのか」

「私の首切られちゃう⁉」

「近付いただけでなるわけないだろ」

「そうなの？」

「当たり前だ……ってそうじゃない！　お前は大丈夫なのか⁉」

「あっ、下敷きにしてごめんなさい。お蔭様で大丈夫です」

ユイは倒れたことへの心配だと思い素直に謝ったが、フィリエルが聞きたいのはそれではなかった。

「俺に触ったのに何もないのか？」

「触ったら何かあるの？」

そう言ってユイはフィリエルの手に触れ、その温もりがフィリエルに伝わるが、ユイは平然としている。

今は手袋すらしていないのに。

「どうして……」

あまりのことに事態を受け止められず、呆気に取られているフィリエルに、ユイは訳が分からず首を傾げる。

その時、すでに泣き止んでいたが、目に溜まった涙がこぼれ落ち、フィリエルは我に返った。

先程までは、早く立ち去ろうと思っていたのだが、目の前の少女に興味が湧いた。

もう少し話をしてみたいと思った。

「どうして泣いていたんだ」

涙の理由を聞かれたユイは、忘れていた悲しみがぶり返し、涙腺が緩む。

ぼろぼろと涙を流し始めたユイに、フィリエルはぎょっとした。

「なっ、なんだ！　何か気に障ることを言ったか？」

「違います。私が兄様みたいに優秀だったら……父様は。っ……くっ……うわーんっ！」

「お、おい……」

声を上げて泣くユイに、フィリエルは大いに慌てる。

こんなことならもう少し同年代の子供と関わっておくのだったと、激しく後悔していた。

慰め方がまったく分からない。

とりあえず小さい頃に自分が泣いた時にテオドールがしてくれていたことを思い出し、恐る恐るユイの頭に手を伸ばし優しく撫でる。

一瞬目を丸くしたユイだが、慰めようとしてくれている手を振り払うようなことはせず、されるがままになっている。

そしてフィリエルは、何も起きないことにほっとしつつ、初めての経験に動揺と嬉しさを感じていた。

彼女なら、自分を怖がらず受け入れてくれるのではと、淡い期待を抱きながら。

一通り泣いて落ち着いたユイから経緯を聞く。

「つまり、父親との関係が悪くて、仲の良い父と子が羨ましかったと……」

ユイはこくこくと頷いた。

「それがどうしたんだ、そんな父親なんて放っておけ」

ばっさりと切り捨てたフィリエルにユイはショックを受ける。

そのあまりに歯に衣着せぬ物言いに、再びユイの涙腺が緩む。

それに気付いたフィリエルは慌てた。

人と話す機会が少ない弊害で、フィリエルはあまり会話が得意ではなかった。

「あっ、ちょっと待て、俺の言い方が悪かった。そういう意味で言ったんじゃない！　俺は父親がいなくてもお前は幸せじゃないのかって言いたいんだ」

「どういうこと？」

「俺は魔力が強いせいで他人に触れない。だから、生まれてから両親に抱き締められたり兄と手を繋いだりしたことはないんだ。この力のせいで周りは俺を怖がって遠巻きにしている」

その話を聞きながら、ユイは自分の頭に乗っている手へと視線を向ける。

「でも、今私に触ってる……」

「あー、まあ、そうなんだが、それは今置いといて。父親とは仲が悪くても、母親と兄は違うんだろ？」

「うん、母様も兄様達も優しい」

「だったらそれで十分じゃないのか？　ないことを悲しむより、あることを喜んだ方が良いと俺は思う。俺も、両親や兄と触れ合えないし、魔力が制御しきれていないせいで中々会えないが、両親も兄も俺を大切に思ってくれているし、俺も家族が大切だ。多くの者が怖がって俺に近付かないようにしているが、大切だと思う人や思ってくれる人がいるのは、それだけでとても幸せだと思うんだ。お前も母親と兄が大切なのだろう?」

ユイは強く頷く。

「だったら、良いじゃないか。父親の愛情がなくても、お前にはそれ以上に愛情をくれる人がいるんだから」

フィリエルのその言葉に、温かいものが流れてくる。

そうか、私は幸せなのか。

無理をして好かれる必要はないのか。

その思いは驚くほどユイの心を軽くした。

「うん……うん……っ」

ポロポロと涙を流すユイを、今度は動揺することなく優しい眼差しでフィリエルは見守る。

「そう言えば、まだお前の名前を聞いてなかったな」

「ユイです」

「ユイか……。今さらな気もするが、よろしくな」

「はい、こちらこそ」

目を真っ赤にしながら、嬉しそうに笑った。

「お祖父様、少し庭園内を散策してきても構いませんか」

そう言ってそそくさと去って行く孫の姿に、やはり駄目だったかと、テオドールは落胆の溜息を吐く。

兄のアレクシスとは違い、数えるほどしか社交場に出席したことがないフィリエル。

フィリエルほどの年齢ならばそれなりに社交場で経験を積み、親しい人間関係ができていてもおかしくないというのに、フィリエルが家族以外で親しく話すのは、近衛隊長のガイウスや大元帥といった大人達だけ。

今の内に同じ年頃で親しい人間関係を作っておかなければ、学園に入った時に孤立してしまうのでは心配し、無理矢理連れて来たが……。

そもそも、大人でも怯えるほどの魔力を放出しているフィリエルに、子供が耐えられるはずもない上、フィリエル自身が他人との接触を恐がっているので自分から話し掛けたりもしない。

そんな状況で友人などできるはずもなく……。

次の策を考えねばと思っていたテオドールだが、離れた所でフィリエルが同じ年頃の少年二人と話しているのを確認し驚いた。

遠目にだが、普通に話しているように見える。

テオドールが少年達のことを聞こうとしたが、注目していることに気付いた周りの者が、頼むより先にぺらぺらと話していく。

「あちらはオブライン伯爵家のご子息ですわね。殿下と同じ年齢で、とても優秀らしく、すでに派閥ができ始めているとか」

「優秀だとは聞いているが、父親があの方ではな」

「ええ、父親の方はあまり良い噂を聞きません。殿下にはもっと相応しい者がいると思います」

テオドールが少年達に興味を持っていることに焦っているのか、悪い印象を植え付けようと必死な周囲の者達。

だが、フィリエルと普通に会話をしている時点で、テオドールにしたら家がどうだろうと関係ない。

ようやく現れた友人となり得る人物なのだから。

テオドールは、幸先の良い出会いに自然と頬が緩む。

しばらくは、次から次へとやって来る貴族の対応をしていたが、途切れない人の列にそろそろ嫌気がさしてきたので、主催者へ別れの挨拶をしてフィリエルを探す。

庭園の奥の方へ歩いていく所までは見ていたので、そちらへと歩いていく。

奥に行くにつれ周りに人の姿がなくなっていき、突如としてテオドールの背後にその人物が現れる。

現れるまで一切の気配を感じさせなかったその人物は、上から下まで黒い服をまとい、明らかに一般人とは違う異様な雰囲気を発していた。

しかし、テオドールは驚く素振りは微塵も見せず、平然と歩みを進めながら背後の人物へ問い掛ける。

「フィリエルはどこじゃ？」

「もう少し奥でございます」

これといって特徴の無い平坦な声が返ってくる。

「こんな所でいつまでも何をしておるのじゃ、まったく」

「それが……」

どこか困惑するような返答に、テオドールは初めて歩みを止め振り返る。

「なんじゃ、何かあったのか？」

長らく王家に仕えてきた影の一族の頭領である目の前の人物は、いつも冷静沈着。

テオドールがどれだけ笑わせようと試行錯誤しても表情一つ動かさないのが常で、そんな頭領の動揺した姿は非常に珍しい。

フィリエルに危険があったとは思わない。

そうであれば、すでに報告が来ているはずだから。

しかし、頭領が動揺するほどの不測の事態があったのは確実だ。

「実際確認された方がよろしいかと。言葉だけでは信じていただけないと思いますので」

「はっ？　なんじゃ、それは」

疑問を抱きながら進んでいくと、声が聞こえてきたので、息を潜めながらゆっくりと近付く。

「フィリエルってなんだか言いづらい」

「そうか？　母上にはフィルって呼ばれているが」

「うーん……エルは？　エルっぽいし！」

「ぽいってなんだ。まあ、いいけど」

「じゃあ、エル」

実に楽しそうな会話と笑い声。

その一つが探していた孫のものだと分かり、テオドールは目を見開いた。

大人達に囲まれる日々の中、フィリエルがあれほどに気安く人と話すのは初めてかもしれない。

相手は声からして少女だろうか。

今日のパーティーはフィリエルにとって新しい出会いの宝庫だったようだ。

連れて来て良かったと嬉しさを隠しきれない緩んだ笑みで、どんな子か確認しようと二人の前に姿を見せる。

薄い金茶色の髪に水色の瞳。

可愛らしい子だなと思った直後、テオドールは驚きのあまり口をかぱっと開け硬直した。

突然現れたテオドールの姿に、警戒したユイが隠れるようにフィリエルの後ろへ移動したのだが、その手が服の上からではあるがフィリエルの腕を掴んでいたのだ。

一言も話さず硬直したままのテオドールを心配したフィリエルが声をかける。

「お祖父様、どうかされましたか？」

そこでようやく我に返ったテオドールだが、未だに頭は混乱していた。

「……フィリエル。その少女がお前に触れているように見えるが、わしの目が老いたのじゃろうか」

その言葉で、テオドールの様子がおかしかった理由が分かったが、フィリエル自身もどう説明したら良いか分からない様子。

「いいえ、老いてはいませんよ。何故か彼女は俺に触れても大丈夫なようです。……ほら」

フィリエルはテオドールに見せるようにユイの手を素手で握り持ち上げる。

「……確かに実際に確認しなければ信じられんな」

頭領の動揺していた理由が分かる。

実際に見た今でも我が目を疑ったぐらいだ。

「エル？」

ユイは困惑した顔をフィリエルへ向ける。

「俺のお祖父様だ」

フィリエルの祖父＝王族という言葉が浮かび、ユイは慌てて立ち上がり礼を執る。

「よいよい、そんなにかしこまらずとも。それより、本当にどこか体に変調はないのか？」

「はい」

未だフィリエルに触れることの意味を知らないユイは、訳が分からないという感じで答える。

「うーむ」

魔法や魔具を使っている様子はなく、テオドール自身もこんなケースは初めてなので、どういうことか理解に苦しむ。

「ふむ、名は何と言うのじゃ？」

「はい、ユイ・オブラインと言います」

あれの血縁者。理由が分からなくとも、それだけで少女がフィリエルに触れられるのにも納得してしまった。

遠い目をするテオドール。

すると、どこか居心地が悪そうにしていたユイが躊躇いがちに口を開く。

「あの、兄が探してると思うので失礼します」

急いでその場を後にしようとしたが、後ろから「ちょっと待ちなさい」と声をかけられれば止まらない訳にもいかず、立ち止まり振り返る。

「一つわしから頼みがあるのじゃが、聞いてはくれぬか？」

「なんでしょうか？」

「そこにおるフィリエルとまた会って欲しいのじゃ」

ユイが去ろうとした時、フィリエルが酷く落胆した表情をしたのを見て、ようやくフィリエルが興味を示した存在を手放すわけにはいかなかった。

もう少しフィリエルと話したかったユイに断る理由はなかったが、一つ気掛かりがある。

「父に話しますか？」

王族と会うと知ったら、あの父親がどんな反応をするのか、分からないからこそ恐ろしかった。

王族の話し相手になるのは名誉なことなので家を通すのが基本だが、暗い表情のユイを見れば、ユイにとってよろしくないことなのだと分かる。

テオドールが横目で視線を向ければ、険しい顔のフィリエル。

それを見たテオドールの判断は早かった。

「ユイは屋敷から抜け出して来ることはできるか？」

あの家で母や兄以外でユイに関心を向けている者は皆無だ。

母と兄には友人と遊びに行ってくると言えば難なく抜け出せるだろう。

そう考えてユイは頷いた。

「では、家の者には内緒で、外で会うのではどうじゃ？」

強引に進めることは簡単だが、ようやく見つけたフィリエルの癒しとなれる存在。

王族に、何よりフィリエルに対して嫌な感情を持ってもらいたくはなかった。

ユイは少し考えた末、了承した。

「それならば……。でも、良いんですか？　それって王宮を抜け出して会うってことですよね」

そんな簡単に抜け出して大丈夫なのかと言いたいようだ。

「まったく問題ないから安心しなさい。今日も抜け出して来たようなものじゃからな」

ふぉっふぉっと笑うテオドールの後ろで、「バレたら父上に怒られますよ」と呆れたようにフィリエルが呟く。

「では、近いうちに手紙を書くからのう」

「はい、お待ちしています。じゃあまたね、エル」

「ああ、またな」

大きく手を振り去って行くユイが見えなくなるまで見つめるフィリエル。

ふと視線を感じ振り返ると、にやにやと笑う祖父の姿。

「なんですか……」

「今日初めて会ったというのにずいぶん仲良さげじゃのう。惚れたのか？」

「なっ……なな、そんなんじゃありません！」

フィリエルは真っ赤になりながら狼狽える。

「照れるな、照れるな。そうか、やっとフィリエルにも春が来たか」

「ですから、違いますって」

「ベルナルト達に言えば泣いて喜びそうじゃの」

「絶対やめてください！」

魔力を抑えるべく感情を押し殺そうとする普段と違い、面白いほど素直な反応を返すフィリエルに、テオドールはこの邂逅《かいこう》を心から喜んだ。

リーフェの祝福

無属性魔法しか使えない
落ちこぼれとして
ほっといてください

ArianRose
アリアンローズ
アリアンローズ新シリーズ
大好評発売中!!
聖女の力に目覚め人々を救うサラ。
評判を聞いた司祭から王都に迎え入れられるが、酷使された上に魔族の国へ追放される始末！
人間に絶望したサラは聖なる力を隠して心機一転、魔族の国で普通に暮らすことを決意する！
聖女は人間に絶望しました
～追放された聖女は過保護な銀の王に愛される～
著：柏てん　イラスト：阿倍野ちゃこ

ArianRose
アリアンローズ
アリアンローズ新シリーズ
大好評発売中!!
サディスト第二王子の魔の手から逃れるために、
白豚神官と婚約して冒険者になります！
貴族令嬢らしくない？　言いたい奴には言わせておけばいいじゃない！
――自分らしく生きたいすべての人に送る異世界痛快ファンタジー！
第二王子の側室に
なりたくないと思っていたら、
正室になってしまいました
～おてんば伯爵令嬢が攻撃魔法を磨いて王子様と冒険者デビューするまで～
著：倉本縞　イラスト：コユコム

王立騎士団の花形職

～転移先で授かったのは、聖獣に愛される規格外な魔力と供給スキルでした～

著：眼鏡《めがね》ぐま　イラスト：縞《しま》

　ある日突然、異世界に転移してしまったハルカ。彼女を保護した王立騎士団第二部隊の副隊長ラジアスから聞かされたのは、二度と元の世界には戻れないという辛い事実だった……。

　自分の居場所を作るため、ハルカは騎士団の人々に助けられながら雑用係として働きはじめる。そんなあるとき、ハルカは王宮で受けた魔力測定で、“膨大な魔力”を持っていることが判明する!!　その魔力は聖獣たちから好まれるうえに、聖獣や他者に分け与えることができる特別な“供給スキル”まで身につけていた……！　その重要性が実感できないハルカだったが、自身が平民達から“騎士団の花形職”を務める憧れの存在として注目されているという衝撃の噂を耳にして……!?

　転移先で自分の居場所を作り出す、異世界ファンタジー!!

伯爵家を守るためにとりあえず婚約しました

著：しののめめい　イラスト：春《はる》が野《の》かおる

いわれなき醜聞を広められ、引きこもり生活を送っていた伯爵令嬢マリーナ・アデレイド。そんな彼女のもとに突然舞い込んできた悲報。両親の乗った船が行方不明だと、上級文官のリストから聞かされた。両親にもう会えないかもしれない……。

弟は病弱でまだ若く、マリーナが家を守らなければいけない。さらに、この情報が社交界に知れ渡ったら、意地悪なラナス侯爵家がアデレイド家の財産を付け狙うだろう。そこでマリーナは家を守るために「見知らぬ文官リストと婚約する」という、破天荒な決断をすることに！

憎い奴を懲らしめてニート卒業！　自分の勇気を見つける奇跡のロマンス！

聖女に嘘は通じない

著：日向《ひゅうが》夏《なつ》　イラスト：しんいし智《ち》歩《ほ》

辺境の教会で神官見習いとして働くクロエは、持ち前の洞察力と記憶力を武器に、夜は酒場のカード賭博で荒稼ぎするという聖職者らしからぬ生活を送っていた。

ある日、クロエは教会を訪れた成金聖騎士エラルドからその能力を見込まれ、依頼を持ちかけられる。

「神子候補として大教会に潜入し、二年前の殺人事件の犯人を見つけてほしいのです」

多額の報酬に釣られてエラルドと契約したクロエは、二年前に大教会内部で起きた神子候補殺人事件の調査を進めるが、そこに隠されていた思惑と真相とは——。

『薬屋のひとりごと』の日向夏が送る、珠玉のファンタジー＆ミステリー、開幕！

リーフェの祝福
～無属性魔法しか使えない落ちこぼれとしてほっといてください～ 2

*本作は「小説家になろう」（https://syosetu.com/）に掲載されていた作品を、大幅に加筆修正したものとなります。
*この作品はフィクションです。実在の人物・団体・事件・地名・名称等とは一切関係ありません。

2023年2月20日　第一刷発行

著者 …………………………………………… クレハ

イラスト …………………………………………… 祀花よう子
発行者 …………………………………………… 辻 政英
発行所 …………………………… 株式会社フロンティアワークス
〒170-0013　東京都豊島区東池袋 3-22-17
東池袋セントラルプレイス 5F
営業　TEL 03-5957-1030　FAX 03-5957-1533
アリアンローズ公式サイト　https://arianrose.jp/
フォーマットデザイン ………………………… ウエダデザイン室
装丁デザイン ……………………… 鈴木 勉（BELL'S GRAPHICS）
印刷所 ………………………………………… シナノ書籍印刷株式会社